U0032989

On Teaching and Writing Fiction

華樂士・史泰納 Wallace Stegner——著

琳恩・史泰納 Lynn Stegner——彙整與前言 張綺容——譯

史丹佛大學創意寫作課

每一堂都是思想的交鋒，智識的探險，精采絕倫！

推薦序
當狹義大師兄，遇見廣義一代宗師

許榮哲

西元二〇〇〇年，東華大學創英所成立（全名「創作與英語文學研究所」），它是華語世界第一個「以創作取代論文寫作」的研究所。意思就是可以用自己創作的小說、散文、詩、劇本，來取得碩士學位——藝術創作碩士（Master of Fine Arts）。

這個創舉吸引了全台有志於寫作的創作者蜂湧而至，包括我在內。很幸運的，我的理工背景（台大生工所畢業）幫我脫穎而出，成了第一屆的學生，成了後來眾多學弟妹口中，東華幫的大師兄。

畢業後，我持續寫作，尤其喜歡創意寫作，同時也教別人創意寫作。

因此當我看到《史丹佛大學創意寫作課》時，頓時有一種捨我其誰，就是我了，沒有人比我更適合導讀這本書。

書的作者是史泰納，於一九四五年創立史丹佛大學創作學程，並擔任主任長達三十六年，培育英才無數，幾乎就是「創意寫作」的一代宗師。

當東華幫大師兄遇上創意寫作一代宗師，我最大的感悟是——我錯了，徹底的錯了。

舉兩個例子。

第一、什麼是「創意寫作」？

如果你問東華幫大師兄，我會說「這還不簡單，就是字面上的意思」，創意就是「表現出新意與巧思」，所以「創意寫作」就是別出新裁，讓人眼睛一亮的寫作方法。

例如：我的早期作品《作文神探》，它就是把「神探辦案」和「作文」結合在一起。

又比如我正在進行的雜誌專欄「魔術師的選擇」，它就是把「魔術手法」和「故事」結合在一起。

夠有創意吧！

然而，一代宗師卻說：「創意寫作是馳騁想像的寫作，把寫作當成藝術，寫出法國人所謂的『純文學』，無關傳遞資訊，也無關各種更爲一成不變的溝通形式。」

第二、寫作能教嗎？

我永遠記得當年創英所辦的第一場講座，小說家黃春明 VS. 詩人陳黎，他們對談的主題就是：「寫作能教嗎？」

聽到這個主題，我非常不以爲然。如果寫作不能教，那我不是白來了嗎？

這麼多年過去了，我依然堅持我的看法：寫作可以教，只有教得好，以及教得不好的差別。

然而，一代宗師卻是這麼說的：「依據我的經驗，大學教寫作最好透過同儕互相學習，這並不是說老師就無關緊要。學生不會無緣無故就互相學習，老師需要經營環境——這跟上帝經營氣候一樣困難。」

這麼多年來，一直有人問我，東華大學創英所時期，我究竟學到什麼？

我有時覺得收穫滿滿，有時又覺得什麼都沒學到。

沒想到多年後，在《史丹佛大學創意寫作課》這本書裡，意外找到了答案。

一代宗師：「教寫作『要像蘇格拉底那樣教，遠遠看著就好，不要插手。』」

不要插手，不是爲了袖手，而是爲了讓學生自己動手。

如果還可以再多說一點，那麼就是底下這句話：

「與其寫上千篇關於野心的文章，還不如讓馬克白站上舞台。」

同樣的，與其讓大師兄跟你說一百遍「創意寫作」，還不如直接打開書，讓一代宗師為你解惑。

（本文作者為華語首席故事教練）

推薦序

創意寫作是不敗的寫作「勝經」

宋怡慧

「創意寫作之父」華樂士・史泰納從一九四五年在史丹佛大學開設創意寫作課之後，累積四十餘年的教學經驗首次公開集結成書。

閱讀《史丹佛大學創意寫作課：每一堂都是思想的交鋒，智識的探險，精采絕倫！》之後，你會發覺：華樂士・史泰納化身為寫作長廊提燈的智者，如蘇格拉底式的循循引導讀者，使其有幸一窺「創意寫作」的奧美殿堂。他善於讓寫作者去找寫作的典範：向喬伊斯學習意識流，向康拉德學習多重敘述手法。寫作是反映人生、建立秩序的素材，提供情節帶給讀者美學體驗的愉悅，從中反思、效仿，激盪出作家與讀者共同的情感。

一如小說家亨利・詹姆斯（Henry James）作品的關鍵轉折出現在角色面臨抉擇時，道德的選擇純粹又堅定，不受外在的影響，讀者藉由作家文字的光探尋到創作純粹又眞誠的靈魂。

作家和寫手之別在於前者了解創作的意義，作品連結獨特的觀點並傳遞純美的人生意義，後者套用寫作公式來完成作品，看似技術純熟卻無法撼動人心。同時，寫作是從日常累積，就像華樂士・史泰納認眞生活、多元閱讀、專注寫作，文字被其巧手編碼後，讀者透過閱讀重新轉化而解碼，接收到的文學意象純粹、干擾更少，更能形成情感共振。

闔上這本「創意寫作」勝經，你會終於明白：什麼是高質量的寫作？從感官開始，在語言中成形，以對事物的洞察爲終點。即便書寫內在掙扎、焦慮，甚至是錯誤的經驗，形塑思想、意象和角色，在世界的泥濘中仍踩出意識的立足點。一如白先勇曾說：「我之所以創作，是希望把人類心靈中無言的痛楚，化作文字。」雖說寫作的意義因人而異，但每位創意書寫者若能掌握「勾勒細節、產生戲節」的寫作技巧，不只突破文字陌生的「屏障」，也找到「本該如此」的讀寫共識。

作者在技巧篇教導讀者藉由感官與記憶的開展，化繁爲簡地把語言的本意，以及其中的色彩暗示和渲染力，轉化爲日常素材，提出嶄新的見解，不僅能護守寫作的初衷，還能培養讀者成爲一位優秀的寫作者。當你學會直接觀察、不厭其煩地練習，「純粹地陳述」你所看到的，你就能明晰作家石黑一雄提到的：「書寫和閱讀讓我們能打破觀念的藩籬，甚至找到偉大人性的願景，讓全世界共同來支持與推動。」作家傳達人類最本質的情感爲目標，達到溝通與交流的寫作目的。即便ChatGPT能一分鐘創作出作品，卻無法超越創意寫作者，透過作品讓讀者產生思考，並連結至人生意義的效能，這或許是創意永不會被AI取代的原因了。

（本文作者爲作家、新北市立丹鳳高中圖書館主任）

好評推薦

史泰納的訪談與遺稿，誠懇地提醒學生寫作的現實與苦悶。我尤其喜歡他談論作者的心態、與讀者的互動。老師的「踅踅念」（sèh-sèh-liām）沒有給出唯一解答，但他在安慰中洞見生命和市場的現實，讓你在現實中繼續去寫、去追。

——A編，「A編工事中」粉專經營者

史泰納說：「好的作家猶如上了膛、瞄了準的手槍，只管扣扳機便是。」雖然不是每個人都立志成為作家，但所有人都需要在必要時刻利用「寫作」這把槍的能力。無論是為了永垂不朽將之印刷成冊，或是為了懲罰惡人將其行徑娓娓道來，文字就是塡充彈匣的子彈，願求彈無虛發。

——B編，「編笑編哭」社群經營者

儘管史泰納被稱爲「創意寫作之父」，但他很少從「可修改的藝術」和「可教授的技藝」角度談寫作，因此，這本與寫作有關的小書對所有創作者來說都彌足珍貴。這裡沒有創作一本小說的現成藍圖，只有更重要的東西——成爲小說家的必備工具：耐心、謙虛和性格。他的陳述實在字字珠璣，所以要畫重點的讀者建議拿一枝新開封的筆。

——《書單》

優雅、慷慨、激情、作品豐富——這就是華樂士．史泰納，是他告訴無數優秀的作家寫作的核心是什麼，是他教會他們擁有寬闊的視野與熱誠。

——巴里．洛佩茲，美國國家圖書獎、古根漢獎得主

目次 contents

目次 contents

目次 contents

目次 contents

目次 contents

前言
有志成為寫得出宏構佳作的人

不妨想像一下——美國西部文學泰斗華樂士．史泰納依然在世，是史丹佛大學創作學程的主任。某一天，來自堪薩斯州的少年踏入校門，求知若渴，滿心希望不虛此行、滿載而歸（也讓爸媽繳出去的學費一本萬利），因此，他決定在上課之前好好調查一下寫作導師的身家背景，心想：這傢伙該不會是後現代主義小說家吧——專事解構，把好好一則故事弄得半死不活？還是說，這傢伙專門寫冷僻論文，像是「新興小說模型」「比較語言編成與新式文本」這類曲高和寡的學術題目？那可不行！人家大老遠從堪薩斯跑到史丹佛來，是來學怎麼寫好小說的。

少年跑到史丹佛圖書館，從圖書館的目錄系統查詢到一頁又一頁的史泰納著作，其中書籍超過三十五本，短篇小說五十多部，文章數百篇，包括撰稿的、編輯的、寫序的、導讀的、評論的，而且主題紛紜、琳瑯滿目。少年宛如彈珠台上的彈珠，先從小說跳到歷史，又從傳記跳到保育，再從社會學跳到宗教，原來史泰納老師就像文學界的一站式購物，單單閱讀老師的作品，就像接受文藝復興時代的通才教育——這不正是過往高等教育的宗旨嗎？

精采的小說是「信念的演繹」

史泰納在一篇文章中提到：「小說家必須樣樣精通」，並且「接受文化薰陶」。史泰納涉獵廣博且學識豐富，學術成就傑出與獨具一格，尤其在美國西部歷史及保育方面貢獻卓越。然而，儘管副業繁多，小說始終是史泰納最愛的長男。史泰納也說，比起既定的事實，揭發的眞理永遠更加引人入勝，因爲現實「等待接受薰陶、蛻變成爲小說」。終其一生，史泰納寫作了數十萬頁，有的是初稿，有的是十五校，有的是完稿（誰叫他是修稿的信徒呢〉，在這數十萬頁中，關於小說創作的不到兩百頁，將創意寫作當成技藝傳授的更是少之又少。

在藝術家中，像這樣諱莫如深者或許不在少數，理由倒也可想而知，畢竟藝術創作是一回事，講解藝術創作又是另一回事。專職藝術家或許是沒時間講解、或許是沒意願講解、又或許是沒能力講解。就拿貝多芬來說吧，五十多歲就失聰的人，要怎麼解釋自己晚年「聽到」並譜出了〈莊嚴彌撒曲〉呢？某些藝術家認為，創作的神祕感埋藏在對作品三緘其口的護城河裡，對其特質、特性的無法言說，恰好保護了這份神祕。也有藝術家認為，談論藝術創作會招致危險，無異於對著紙牌屋吹氣。避重就輕而論，講解藝術似乎是某種羞辱，宛如異教徒走過私人禮拜堂的沉重跫音。至於作家之所以不願意談創作，很可能是因為其筆下主題與真實人生密不可分，檢視作家的創作過程，簡直就像脫得赤條條精光站在操場上，籠罩在冰冷的燈光底下。

儘管如此，史泰納依然教起了寫作，既是不得不為，也是順性而為，更是因信而爲。首先，作家大多需要正職，史泰納必須依靠教書維生。此外，好學不倦的人相信，教別人就是教自己，史泰納既然學而不厭，自然誨人不倦。再說了，史泰納致力於修修改改，無論是修改十頁的故事，還是修改給編輯的回信；無論是修改人性、修改社會，還是修改自身——秉持著對修改的信念，史泰納執起了教鞭。

史泰納說過「人即其文」，還說精采的小說是「信念的演繹」，因此，史泰納與筆下的作品同步進化，人隨文改，文隨人變，互相回應、互相改進、互相完善——進而邁出下一步。史泰納在本書第 8 堂課〈以《進城》爲鑑〉寫道：「活得嚴肅，下筆就嚴肅；活得輕浮，下筆就輕浮。」許多作家都是一出道就挖空心思，過不了多久便文思枯竭，只能絞盡腦汁突破寫作瓶頸，弄不好十年都過去了，還在嘔心瀝血，看能不能嘔出讀者引頸企盼的續集。反觀史泰納，越寫越爐火純青，隨著時間過去，更是筆力萬鈞、著作等身，彷彿以作品爲磚瓦，打造出一座文學巨城。

英國文學評論家西里爾．康諾利在《不穆之墓》開頭說道：「作家的眞正職責，在於寫出宏構佳作。」好一句清越響亮的高論，激起無數作家的雄心壯志，並經常爲後世所引用。不過，史泰納可能會把這句話稍微修改一下：「作家必須自我砥礪，成爲寫得出宏構佳作的人。」改動的幅度雖然不大，但改動的意義卻不小。這句話的意思不是說作家應該嬌養滋養天賦、或是自私固守嚴格遵守寫作時間，而是說作家必須體認到自己生而爲人的責任，先成爲堂堂正正的公民，然後再去追求藝術等事物。史泰納決心成爲寫得出宏構佳作的人，不僅追求言行合矩，更追求有所作爲。越是貼近史泰納內心的寫作，這樣的態度就越明顯、同時也越容易讓讀者了解。收錄在本書中談小說創作的文章和訪談，正是最貼近史泰納內心的主題。

不鼓勵學生把自己當成「作家」

史泰納先後在猶他大學、威斯康辛大學、哈佛大學、史丹佛大學任教，一九四五年創立史丹佛大學創作學程，並擔任主任直到一九七一年提早退休——「老子不幹了」。史丹佛大學創作學程的藍本，一方面來自史泰納在愛荷華大學修習的寫作課程（當時全美國只有愛荷華大學開設創作碩士學位學程），二方面來自史泰納在布雷德洛夫作家創作營和哈佛大學教授寫作的經驗，因此，史丹佛大學創作學程採取研習班的形式，以實作爲基礎，史泰納說自己只是「弄一弄環境」而已，重點在於打造出「自由探究的氛圍」。

史泰納對著名的西方文化史學家理查．艾圖蘭說過，教寫作「要像蘇格拉底那樣教，遠遠看著就好，不要插手」。英國詩人濟慈提倡**「直觀力」**（negative capability）*，對此史泰納深信不疑，無論教書也好、寫

*譯注：Negative Capability 源自浪漫詩人濟慈一八一七年十一月二十二日的書信。擁有這種能力的作家能保持客觀與抽離，縱使面對未知、未決、未解，也不會焦躁地追求事實或訴諸理性，反而心平氣和地接受。在意義上類似中文的「直觀」，意指「不經過理智推理過程，而由感覺或精神直接體驗的一種認識作用」，故暫譯爲「直觀力」，亦可見「客體感受力」「消極能力」「消釋力」等譯法。

小說也好，都**必須**去掉自我、洗去品味、消弭私見、屏除偏見，就算角色（或學生）背棄作家（或教師）所珍視的一切，也依然堅持無為與無我。史泰納無意把學生教成史泰納第二——風格像史泰納、主題像史泰納，甚至變成史泰納夢想中的模樣。史泰納致力於幫助學生發展獨一無二的自我，並透過寫作將其獨一無二的文學潛力發揮到淋漓盡致。可以指導學生，但不能左右學生——這正是史泰納的座右銘。

史泰納在《史丹佛短篇小說二十年》的〈引言〉說：「在創作學程中，老師不像老師，學生不像學生。」學生對史泰納的評價紛紜，有的說：「樸實無華」「一任自然」，有的說：「專業」「實際」「睿智」「沉默寡言」「富人情味」，也有人說「客氣有禮」「堅毅剛強」「設身處地」「尊重學生」「律己甚嚴」。

被譽為「美國西部的梭羅」的愛德華．艾比說：「所有美國在世作家中，值得獲得諾貝爾文學獎肯定的只有史泰納。」《飛躍杜鵑窩》的作者肯．凱西上過史泰納的作家創作營，有人問他感想，他回說：「感覺像在隆巴迪教頭底下打美式足球。」考量到這對師徒曾經脣槍舌戰，凱西說這句話時肯定是褒中帶貶、心情酸甜苦辣，不過，不難看出凱西認爲，史泰納和隆巴迪一樣都是標竿人物——這一點就算翻遍史料也找不出證據來反駁。史泰納是美國學界研究創意寫作的先驅，一九四〇年代之後模仿者眾，類似的創作學程也在全美國如雨後春筍般冒出。

只不過微調了方針，境界便截然不同。史泰納鼓勵學生多寫，卻不鼓勵學生把自己當成「作家」，這或許是爲了讓學生保持謙卑面對寫作，又或許是爲了讓學生永遠以「寫」爲重，行動才是重點，而非過早擁有頭銜或名號。對於作家來說，最致命的莫過於認爲自己已經「成功」了。史泰納說過：「天才多如鮭魚卵，眞正長成鮭魚的有多少，在文壇存活下來的就有多少。」難怪艾圖蘭問：「美西作家要怎麼寫，才能寫出一批好小說？」史泰納的回答很簡單：「多多寫，好好寫。」

史泰納的學生大多謹遵囑咐，包括：

厄寧斯・甘恩（《死前的最後一堂課》作者）
艾比・朵兒（七十四歲才出版第一本小說，就奪下當年的國家書卷獎）
羅伯・史東（被譽爲美國當代偉大作家）
蒂莉・歐森（美國深具影響力的女權主義作家）
史考特・莫馬迪（美國原住民基奧瓦族後裔的作家，作品曾獲普立茲獎）
瑞蒙・卡佛（被譽爲美國當代偉大作家）
茱蒂絲・拉思科（《哈瓦那》《無盡的愛》等電影編劇）
溫德爾・貝瑞（美國自然文學作家）
麥克斯・艾柏（德州萊斯大學美國文學教授、《石頭外公》作者）
夏洛特・潘德（美國小說家，以攝影集《時代的禮物》聞名於世）
尤金・伯迪克（美國作家、《醜陋的美國人》合著者）
史考特・杜羅（美國暢銷法律小說作家，《紐約時報》書評盛讚他是當今法律驚悚小說第一人）
湯瑪斯・麥岡安（美國作家）

派翠西亞·澤爾弗（美國作家，作品八次入選美國年度文學獎歐亨利獎）
伊凡·康乃爾（被譽為美國當代文壇最重要的文學聲音）
賴瑞·麥克墨特瑞（電影《斷背山》編劇）
吉姆·修士頓（美國小說家與詩人）
肯·凱西
艾德·麥克納漢（美國小說家）
彼得·畢格（《最後的獨角獸》作者）
艾爾·楊（曾被擔任州長的阿諾·史瓦辛格評為加州桂冠詩人）

……全都寫好寫滿。史泰納桃李滿天下，卻對艾圖蘭說：「我盡量不邀功。」若從大處著眼，史泰納確實不該邀功。但如果稍稍換個角度，考量到史泰納不願好為人師，考量到這群當代作家天資聰穎、努力不懈，我們或許還是可以讓史泰納邀功一下——至少他還為文壇樹立了榜樣。

隱世之作

本書收錄多篇史泰納談創作的文章和訪談，有些是出版過的舊作、有些是新發現的遺作，無論是有志成爲作家者，或是有志教導他人寫作者，這批「隱世之作」都有助於如實寫出人類的處境，而這正是作家肩負的重大使命。「隱世之作」不知是誰起的名，起名不久便傳開了，只要自認對人類演化和文化演進發揮到小小的關鍵作用，都會深深爲這批文章所吸引，因爲這些文章的主題都圍繞著相同的問題：這個世界需要正派、負責、清醒的公民。那要怎麼活才能活得正派、負責、內觀自省？史泰納常常引用歷史學家亨利·亞當斯的名言，但稍稍換了個說法：「如果混亂是自然的法則，秩序就是人類的夢想，而藝術——正是秩序中的秩序。」

有志成爲寫得出宏構佳作的人，最終勢必成爲一代大師。不信的話，聽聽風景攝影大師安塞爾·亞當斯反駁藝術攝影師威廉·莫滕森的言論，並爲純攝影辯護；聽聽爵士天王溫頓·馬沙利斯講爵士樂給孩子聽——從頭到尾以此說彼、簡單易懂，完全超脫音樂，既像在說禪，又像在談里爾克（德國詩人），也像在講石頭的偉岸；聽聽高爾夫球好手傑克．尼克勞斯解釋揮桿時腳要怎麼動；聽聽梵谷堅稱鐵血宰相俾斯麥比不上一根草；聽聽一九四〇年代某某物理學家解釋自己腳下的地板就是絕佳的反重力機；或者，聽聽史泰納談小說創作。這些大師各有所長……卻萬變不離其宗。聽這些大師談論自己擅長的主題，就像在人性風暴的中心，聽見平靜得不可思議、純粹得不能再更純粹的靈魂。

琳恩．史泰納
二〇〇一年九月
於佛蒙特州格陵斯堡

第1堂

小說是生活的鏡頭

有一次，有位雜誌編輯驕傲地告訴我，在經濟大蕭條期間，他那份流通廣泛的雜誌沒刊過半篇寫景氣蕭條的小說，什麼失業啦、絕望啦、排隊領救濟糧啦、無殼蝸牛住廉價旅社啦，一律不登，這些事留給散文去寫就好了，短篇小說、連載小說不寫這些。小說負責娛樂，不負責教化；小說是鎮靜劑、不是興奮劑。

你可能會想：「嚴肅雜誌另有見解吧？」事實上，「嚴肅」雜誌未必就不會考慮小說的目的在於解悶。我就聽說過美國數一數二的嚴肅雜誌退了一篇編輯眾口交薦的稿子，原因是故事裡的女人死於癌症，而該雜誌的讀者群有不少是老太太，不能嚇到她們。

寫作是為了反映人生

不反映現實的小說，無論讀者讚許與否，都無異於謊言，不在本文的討論範圍之內。我所關心的是呈現眞相的小說——啓迪人心而非麻木不仁、沉思經驗而非避而不談。這就是所謂的嚴肅小說，其作者是嚴肅的、讀者是嚴肅的。寫作的意圖是嚴肅的、素材是嚴肅的，寫作的技法是嚴肅的、效果是嚴肅的，就算必須娛樂讀者，讀者也得動腦筋、花心思才能心領神會；就算必須虛構世界，目的也是評論眞實世界。

嚴肅小說未必偉大，更未必非得躋身文學殿堂，畢竟作者的才情或許不比豪情，儘管立意良善，但心有餘而力不足。不過，唯有這樣的精神，才能孕育出（偉大的）文學作品。

嚴肅小說家和娛樂小說家的分野，正是大師和巧匠的分際，前者享有原創的殊榮與才能，後者只能因襲沿用。能夠依循藍圖做出作品，固然值得尊敬，但比起繪製藍圖，那就高下立判了。

我不喜歡用「大師」這個字眼。那些標新立異的大師、裝模作樣的大師、囂張狂妄的大師，都讓「大師」一詞遭到濫用、受到貶值。至於「大師中的大師」，則是傲慢自負的正字標記，罪孽深重、望而生厭，專門讓某些藝術家用來彌補自身不足、報復大眾無眼。但我實在是找不到其他字眼來形容這些（用文字、石頭、聲音、顏色創作的）嚴肅「作者」，不得已，只好稱呼為「大師」。

約瑟夫・康拉德（波蘭裔英國小說家，被譽為現代主義先驅）寫過一篇小品文，標題很簡單，就叫做〈書〉，在文中，他概述了大師的資格：

小說家如果自詡高尚，大概就不配當小說家了。擁有文才沒什麼了不起。獵人之所以是獵人，戰士之所以是戰士，並不是因為身上配槍，也不是因為裝備了遠程武器，而是因為性情相符、素質到位，所以才能出外打獵、征戰沙場。藝術的紅心既虛無縹緲又遙不可及，那些以筆為槍、以字為彈的小說家，或許打出十萬發才能打中一發。在待人接物上，我希望小說家能溫柔認可常人身上不易發覺的優點，不要人家稍有不足或犯點小錯，就心生不耐或輕蔑以對。此外，也不要期待人家心懷感激，畢竟人類的命運到了小說家筆下便化為角色，小說家愛怎麼寫就怎麼寫，也許悲慘，也許可笑。我希望小說家能寬容看待常人的觀念和偏見，並體認到觀念和偏見並非出於惡意，而是源於教育程度、社會地位甚至職業經歷。我希望小說家能用耐心和愛心來洞察世事，進而智慧漸長、同情漸生。小說家的技藝要能練到爐火純青，靠的不是套入概念或技巧的荒謬公式，而是在生活中實踐中庸之道，能腳踏實地透過世間萬物來長養強而有力的想像翅膀。

嚴肅的大師有自己獨到的秩序。在沒有秩序的地方建立秩序，這就是大師的工作。而建立秩序的素材，就是大師的親身經歷或共情體驗，其經驗越廣泛、越深刻，傷得越深、越重（只差沒殘廢），或是越樂在其中，素材品質就越好。不過，這種用來推己及人的經驗總是雜亂無章又自相矛盾，而且到了我們這個時代，這種經驗往往亂成一團，因此，大師用文字將經驗形塑成思想、意象和角色，在其世界的泥濘中踩出立足點。

如果用取景做爲比喻，大師就像在眼花撩亂的全景中框出一方風景——不求什麼都捕捉到，只求捕捉到最清晰的視野，也許還得瞇起眼睛、單眼取景，甚至學學日本人——上身前彎、從岔開的雙腿之間顚倒看世界。無論如何取材（總之個人有個人的方法），小說家都用作品來**「創造世界」**，縱使只是短篇小說也是如此。「創造世界」這四個字出自康拉德。嚴肅的小說家總是永無止境地寫，寫出一個又一個前所未見的新世界。因此，寫小說不是套公式，也不是巧手拼接裝配，而是考驗作家對自身體悟的理解和反思。

小說家寫作是爲了反映人生、映照生活，所以必定取材自生活，包括生活中的人、事、物——尤其是人，小說如果不寫人，那還叫小說嗎？因此，小說家多多少少必須愛自己的同胞，只是可能會像摩門教的傳教士那樣——愛這些人多一些些、愛那些人少一點點。

小說家筆下的角色縱使改頭換面，也難免神似小說家現實中認識的人物。每部小說門口張貼的小小聲明，薄薄一張，語氣鄭重——本故事純屬虛構，如有雷同，實屬巧合——這根本是騙人的。除了生活中遇過的人之外，小說家去哪裡找素材塑造角色？虛構的角色如果絲毫不像（在世或作古的）眞實人物，讀起來就會很假。小說家只能七拼八湊，從認識的人當中挑出兩、三個，把某些特徵隱去不寫，又針對某些特徵大書特書，就這樣把角色拼湊出來，並祈禱現實中的人物原型不會跑來提告。

作家都是細節控

小說家都是細節控，熱愛具體事物，而且熱愛到無可救藥，舉凡心口扭結的憤怒、夜晚街道的空洞、颯颯作響的樹葉，都是建構小說的必備素材。海明威寫過一篇惹人爭議的序，刊在以第一次世界大戰爲背景的義大利小說之前。在這篇序中，海明威寫出了小說家對具體細節的熱愛：

作家發現雨（作者注：意指現實）的組成是知識、經歷、紅酒、麵包、油、鹽、醋、床、清晨、夜晚、白天、海、男、女、狗、愛車、單車、山丘與山谷、出現又隱沒的火車駛過筆直又蜿蜒的鐵軌……啄椴木的雄松雞、茅香及煙燻皮革與西西里的氣味。

嚴肅小說家以寫作來兜售生活中經歷的五感細節，既用心感知，也用心碰觸。感官與記憶是小說家最珍貴的工具，小說家腦海中跑過的大多是畫面，通常不會（最好也不要會）歸納概念或經營概念。努力將小說概念化的作家也是有，而且還以爲這樣會更受人敬重。

小說當然得有概念，小說家也得有想法才能寫出小說，只是概念很難寫得活靈活現，因此並非小說的最佳題材。概念反而是副產物，故事先在讀者眼前展開，讀者再從中建構概念。小說家應該透過選擇和安排人事物來歸納概念、經營概念；概念一如鬼魂在黑夜從閣樓窗外掠過，陰魂不散地縈繞著小說。

好的嚴肅小說取材自現實，所有環節都應該栩栩如生、符合事實、忠於所見，並將環節重新組合，讓小說的架構（意即情節的形狀）意味深長。只要寫得夠好，小說的意味就會綿延，小說的架構會拖著長長的影子，原本特定的情感也會變得放諸四海皆準，兼具代表性、普遍性、象徵性，小說家筆下的意義不再孤單而呆板，反而舒展開來，融進讀者活生生的思想裡。正因爲嚴肅小說意味深長又能推而廣之，所以才能啓迪人心、解放人心，但不應該要求小說以陳述概念的方式直接道出其意涵，這無異於要求鬼魂現身接受健康檢查。

小說家要如何達到這種境界？其方法對小說家而言很重要，除此之外無足輕重。不同的作家會在不同的地方、以不同的方式站穩腳步。葛楚·史坦（文壇教母）說：「每一代都有每一代表達的方式。」海明威說：「後代經典絕對不會肖似前代經典。」V·S·普里切特（英國文學評論家）說：「重要作家之所以與眾不同，靠的不是新的素材，而是新的見解。」

爲了將細節觀察得更清楚，小說家往往需要扭曲經驗。前文提過，只要能將身處的世界一隅看得更透徹，小說家想怎麼看就怎麼看，可以顛倒著看，可以瞇起眼睛看，也可以戴著網紗眼鏡看。單單說卡夫卡吧，其噩夢充斥的世界代表著全然不同的見解，不可思議的事件依照嚴謹的邏輯展開，幽默和諷刺油然而生。儘管卡夫卡的小說荒誕不經，卻比許多寫實小說更能反映眞實的人性和現實的制度。

「從最簡單的事物開始」學習寫作

不論用什麼方法寫出意味深長的小說，都免不了化繁爲簡。簡化是藝術之必然。海明威**「從最簡單的事物開始」**學習寫作，所有拉丁文的衍生字一律不用，將英語簡化到最純粹的盎格魯撒克遜語，句型只用簡單的陳述句，隱喻等慣用「花招」也刻意避開，從人物到主題全面簡化，就連鍾愛的死亡主題也削減到極簡，只留下極端凶殘的樣態。

藝術家化繁爲簡的方法眾多，像海明威這樣簡化到極致者只是其一，其筆下世界，你我或許不愛，但無疑自成一格。康拉德筆下的世界同樣以簡馭繁，一艘船通常就是一方世界，船員即世人，甲板即天地，道德的宇宙如海上的星辰忽遠忽近，俯瞰著甲板上船員的一舉一動。

縱使是亨利．詹姆斯（美國十九世紀寫實主義文學的代表人物）這樣看似最複雜、最瑣碎、最糾結、最有資格稱爲「小說家」的小說家，下筆時也是全面簡化。在詹姆斯的小說中，關鍵轉折總是出現在角色面臨道德抉擇時，爲了替這一刻鋪路，詹姆斯賦予角色唾手可得的遺產，進而排除其他作家可能會用來建構整本小說的素材。其筆下角色從來不用擔心生計，也不受家庭責任束縛，掙脫了讓凡夫俗子綁手綁腳的複雜網絡，隨心所欲、自在悠遊於詹姆斯創造的世界裡，完全甩開俗務的羈絆，刻意擺脫世俗的糾纏，唯有如此，詹姆斯筆下角色的道德選擇才會「純粹」得完全不受外在影響。現實中的道德抉擇十分複雜——優柔寡斷、欲言又止、半取半捨、稍懷顧忌——複雜到令人抓狂，詹姆斯在化繁爲簡之餘依然保留了其中複雜之處，令人嘆服。

藝術家化繁爲簡既合情也合理，只能從成功與否的務實角度加以評判。小說家都是盲人摸象，再偉大的小說家也可能爲自身理解所囿限。小說世界反映著小說家特殊的理解。契訶夫的小說世界在現實生活中有跡可循——不幸的人們走過灰暗泥濘的道路，擺渡跟自己一樣的流亡者到陰鬱的西伯利亞江河彼岸，從傷感又氣餒的生活中偷得片刻冷嘲的樂趣。湯姆·李（美國作家和藝術家）的《勇敢公牛》也與現實似曾相識，將人類與永恆恐懼的對抗，化爲儀式繁瑣的鬥牛場景。在《遮蔽的天空》裡，保羅·鮑爾斯（美國知名作家、作曲家、翻譯家）將一對老於世故的紐約客放到原始的撒哈拉沙漠，任性粗暴地去蕪存菁、以簡馭繁，彷彿將文化抹在載玻片上、放到顯微鏡下觀察。

小說家無法洞悉一切，也無法將生活悉數放入小說，衡量小說家素質時，衡量的是小說家在用於簡化的框景中框入了多少生活，而且框景的邊角必須清晰明瞭。正因爲有了框架做爲限制，才能創造出有限的視野，讓讀者在強烈的光線和清晰的焦點下好好觀察。

閱讀在有限條件下構思並創作的小說，應該能達到擴大理解的效果。然而，在這擴大的理解中有個經常被忽視的元素，在此姑且稱之爲「神交」。無論是在眞實世界裡遊蕩，還是在小說世界中漫遊，我們所追尋的很可能是與自身相遇，這種邂逅可遇而不可求，因此，我們退而求其次，尋求能觀照自身的百分百親密接觸。

如有必要，我甘冒遭受譴責的風險，被說成是支持C・S・路易斯批評的「個人邪說」（personal heresy）。但這裡談論的並非C・S・路易斯所譴責的挖掘作家瑣事，約翰・米爾頓（英國詩人與思想家）虐待女兒、康拉德在餐桌上亂彈麵包屑，這些都不是重點。重點是小說家本身——也就是小說家所理解的整體和提純精煉後的靈魂，這種層次的交流在現實生活中非常難得，閱讀書籍並且深深撼動是最親密的經驗，親密程度或許勝過婚姻，比五十年的友誼更加發人深省。比起現實世界，閱讀小說所經歷的接觸更加親密，作家就像我們在小說世界的化身，比起朋友的祕密，我們更確定作家如何看待自己、如何面對人生，如何在這令人困惑的世界中流浪、生存、甚至找到寧靜。

歸根究柢，我深信讀小說其實是讀小說家。小說是鏡頭，而非某些評論流派所堅稱的寶石。透過小說，我們探尋小說家純粹且眞誠的靈魂。概念的鬼魂掛著小說家的面容，從小說的閣樓窗外掠過，有的極度溫柔，有的極度強大，有的極度叛逆，有的極度順從，而終生閱讀的回報，便是與這些形形色色、饒富人情的靈魂心照神交。

寫作是為了反映人生

嚴肅的小說家總是永無止境地寫，寫出一個又一個前所未見的新世界。因此，寫小說不是套公式，也不是巧手拼接裝配，而是考驗作家對自身體悟的理解和反思。

作家都是細節控

嚴肅小說家以寫作來兜售生活中經歷的五感細節，既用心感知，也用心碰觸。

「從最簡單的事物開始」學習寫作

衡量小說家素質時，衡量的是小說家在用於簡化的框景中框入了多少生活，而且框景的邊角必須清晰明瞭。

第2堂

創意寫作

「**創意寫作**」這個說法觸怒某些人，認爲其中帶有幾分矯揉或矜貴的意味。事實上，這個發源自兩次世界大戰之間的說法何其無辜，當時美國的學校和大學爲了指稱既非「大一英文」，也非「工程報告寫作」的寫作課，進而發展出「創意寫作」一詞。

筆者懷疑，之所以出現「創意寫作」課程，部分原因在於一般寫作課陷入了「正確」與文雅的泥沼、跳不出講解與練習的窠臼，教師不得不想方設法解放學生，任其發展對語言與生俱來的興趣和愛好。扯了這麼多，這裡無非是想給「創意寫作」下個定義罷了。

什麼是創意寫作？

創意寫作的意思是：馳騁想像的寫作，把寫作當成藝術，寫出法國人所謂的「純文學」（belles lettres），無關傳遞資訊，也無關各種更爲一成不變的溝通形式（不過其中的溝通技巧仍爲純文學所使用）。小說包含大量的社會資訊、政治資訊、心理資訊，因此研究小說的學者也不在少數，比如佛洛依德就是爲了夢境和原型情感狀態而研究文學。然而，眞正的小說並非爲了傳遞資訊。

小說如同各式各樣的創意寫作，創作目的在於帶給讀者美學體驗的愉悅，提供情節、思想、感覺，讓讀者消遣、反思、效仿。試圖在日日渾渾噩噩、踉踉蹌蹌走過愛、恨、暴力、厭煩、習慣、殘忍事實的讀者面前，揭示形式與意義。

有人問美國小說家與短篇故事作家約翰・齊佛：爲什麼寫作？齊佛的回答不是「爲了展示康乃狄克州中上層階級的生活」，而是「爲了明白活著的意義」。無論是詩歌、短篇小說、長篇小說、戲劇、小品文、傳記、歷史，只要是創意寫作，都必然涉及意義的探索、驚嘆與發現的元素，其中也少不了作家與作品的牽扯。

同樣是寫作，編纂教科書、撰寫科學文章、爲《觀望》雜誌下標題、爲地區報紙報導違警法庭新聞，這些作者用不著探索意義，其所作所爲固然可敬，但追隨的是另一顆星星、遵循的是另一條法則，讀者只期待從中獲取訊息，而非得到愉悅或啓示。

有志成為作家者的祈禱文

一般寫作與創意寫作的差異，雖然部分根植於創意寫作使用語言的方法多變——既重視語言的本義，也重視其中的色彩、暗示和渲染力——不過，一般寫作與創意寫作的區別不僅限於語言。康拉德寫道：「擁有文才沒什麼了不起。獵人之所以是獵人，戰士之所以是戰士，並不是因爲身上配槍，也不是因爲裝備了遠程武器，而是因爲性情相符、素質到位，所以才能出外打獵、征戰沙場。」羅伯特．佛洛斯特（美國二十世紀最重要的詩人）也有過類似的感慨：「凡是能用文字說的，很快就說完了」，詩歌「只是另一種有話要說的藝術」。

任何有志成爲文學大師的學生可能都有話要說、不吐不快，他也可能發現，自己在學寫作階段中，如果詩歌僅僅爲了營造色彩或聲音而操縱語言，聽在耳裡雖然叮叮噹噹，蕩在心底卻是空空蕩蕩。此外，刻意經營「詩情畫意」雍容爾雅的文筆，非但支撐不起膚淺或古板的故事，反倒將其膚淺與古板暴露無遺。咬文嚼字往往是作家**無話可說**的跡象。文人與文風形影不離。好的作家猶如上了膛、瞄了準的手槍，只管扣扳機便是，用不著擔心子彈口徑或特殊槍響。如果作家（對自己和他人）都構不成危險，等於沒盡到作家的職責：一把空鳴的槍只是玩具，根本算不上槍。爲了盡到作家的職責、發掘非說不可的事情、找到適合訴說的方法，作家必須在不疑處有疑、不停試錯、不輕信，一旦找到信仰便全心投入，作家或許是祭司，也或許是祭品，可能破壞也可能受害。此外，由於文字容易遭到濫用，也由於作家發聲的背景一片嘈雜——電視、廣播、遊樂園、高速公路等文明噪音不絕於耳，所以，作家必須謙卑而堅定。除非受到關注，否則作家一無所有。然而，作家如果自欺欺人、虛榮作祟而博取關注，那比一無所有還不如。

有志成爲作家者的祈禱文應該是：「主啊！讓我成爲有話要說的人！讓我成爲亨利．詹姆斯筆下『明察秋毫的人』。讓理解與智慧深深銘印在我的心版上，一如在飽經風霜的智者臉上刻下人生閱歷的皺紋。教我去愛，教我謙卑，也讓我學會尊重人的差異、人的隱私、人的尊嚴、人的痛苦，並讓我找到文字來訴說，讓這一切不會被忽視，也不會被遺忘。」

所以——尤其是還沒出道的話——又回到文字的問題上。文學是藝術，好壞全憑藝術家掌握媒介的火候。作家只能透過文字說服讀者相信（或關心）筆下所謂的眞理。獵人之所以是獵人、戰士之所以是戰士，並不是因爲身上配有武器，但是沒有武器，就不可能成爲優秀的戰士或獵人。康拉德和佛洛斯特之所以貶低文才，是因爲兩位都是才高八斗之輩，而且都有話要說，也都找到方式訴說。他們的語言乾淨俐落、歷歷如繪，以西洋劍擊般的啓發和覺悟刺向讀者。

佛洛斯特的名句：「就像熱爐上的一塊冰，詩必須融化自己來前行」，將藝術創作過程凝鍊成單一形象。康拉德的文字載滿官能之美，精采實現自我設定的文學目的：「藉由書面文字的力量，讓你聽到，讓你感受到……最重要的是，讓你看到，就是這樣，這樣就夠了。如果我做得到，你也做得到，缺什麼，就求什麼：也許是鼓勵，也許是慰藉，也許是恐懼，也許是魅力，也許是——瞥一眼（你忘記乞求的）眞相。」

創意寫作始於五感

創意寫作始於五感、成於文字、終於傳達洞察。成功的創意寫作將洞察傳達給讀者，讀者會感到一陣刺痛，而且會全神貫注、五感靈敏、照見自我、不寒而慄、身歷其境、與之共情。縱使是知性派的詩人和小說家，也很難相信他們會希望自己說的話冷冰冰地傳遞到讀者手上。創意寫作的關鍵在於激起讀者的情感、呼應作家澎湃的心潮，或許是對某種信仰的激情，或許是對某種憧憬的熱情。而達到這種境界，便是文字大師與普通寫手的分野。

海明威談及一九二〇年代初還沒出道時在巴黎的歲月，說：「當時正在嘗試寫作，我發現最大的困難，不僅是了解自己眞正感受到的是什麼（而不是你應該感受到，或者被教導去感受的），除此之外還得寫下到底發生了什麼——那些產生你所經歷情感的實際事物究竟是什麼。爲報紙撰稿要講述發生了什麼事，並借助這樣、那樣的手法，再輔以及時這項元素，爲當天發生的事情帶來情感，就能將情感傳達給讀者。不過，眞實的事情——那些產生情感的過程和事實的順序，無論是在一年後、十年後，或者——如果你運氣夠好且描述得夠純粹——永遠有效，這對我來說是還無法企及，而我正在努力。」

這段文字爲任何初學者提出了聽起來簡單卻嚴謹的訓練課程：**學會直接觀察；不厭其煩地練習「純粹陳述」自己想講的事；並且以傳達最本質的情感爲目標——也就是寫作的初衷，而非只是傳達意義**。無論是自學還是在學校開設的創意寫作課程，都不可能提出更好的練習方案。這樣的課程可以保護年輕作家，以免老師試圖「將他糾正得自命不凡」，也以免稍稍展現想像天賦就被老師過度讚美。如果打從一開始就爲自己設定最高標準，寫作學習者就不太可能被他人的標準所誤導。

前文說過：創意寫作始於五感，更重要的是，五感的烙印必須保留其上。如果五感遲鈍、懶得使用感官，就不應該擺弄文學，因爲少了五感就創造不出意象，而意象是讓讀者聽到、感受到、看到的唯一方法。作家可以藉由純粹的智識說服讀者、使讀者信服、左右讀者思想，但對於創意寫作者來說，單靠智識還不夠，必須配上五感才能完善。

創意寫作者不僅以意象感知，還必須透過意象進行交流，讀者也必須透過意象來閱讀。意象既是源泉，也是方法。意象透過作家的感知而結晶，就像將電報訊息編碼一樣被轉化爲文字，最後又由讀者將其重新轉化爲與原始感知相似的東西。而且，由於編碼和解碼的過程使電報訊息變得更清晰，所以讀者接收到的文學意象可能比作者感知的干擾更少。

創意寫作強烈倚賴具體事物

創意寫作者強烈倚賴具體事物，換句話說，作家與其經驗的事物密切相關，無論多麼堅信自己的構想，都不能像哲學家或社會科學家那樣表達。創意寫作者不從事概念、形式化的思維模式，而是從事具象、意象和模仿的方式，關注人物、地點、行爲、情感和感覺。他的文學閣樓不該充斥著構想，而應當爲構想所縈繞；構想應該在暗夜掠過窗戶，而不是占滿房間。只要試圖僅以構想創作詩歌或小說，就已經站在荒謬的邊緣，只能夸夸其談，卻無法說服讀者，也無法引起讀者的興趣，因爲在概念層面的構想根本不具戲劇張力。構想必須轉化爲人物和行爲，才能發揮其應有的力量。與其寫上千篇關於野心的文章，還不如讓馬克白站上舞台。

因此，雪萊在追悼濟慈的〈艾朵尼〉中，以具體又難忘的意象，談及抽象的「柏拉圖式的理念」：

永存者一，變幻消逝者眾；
天堂之光永恆，大地陰影飛逸；
生命似七彩玻璃頂，
玷污了永恆的白光。

倘若雪萊自滿於「理念純淨且不變，現實污穢又短暫」，讀起來又是什麼感覺？

有時，作家從構想出發（例如：納撒尼爾·霍桑），再將構想化為血肉。有時，作家從血肉開始（例如：馬克·吐溫），再讓血肉展現構想。無論哪種方式，**作家始終需要生動呈現生活對自身或筆下角色的感覺**。之所以必須生動描繪，是因為希望讀者也能感受到這種生動，因此要善用所有的感官。這就是為什麼文學充滿了感官事物：腳步聲在夜晚街道上的空洞迴響、心口糾緊的憤怒、繡球花的沉甸甸劃過夏日的黑暗、淡金色頭髮女子後頸的汗毛細軟如柳絮。

無論是詩歌或散文，我們都必須能夠表達事物的質感——這意味著我們必須費心去了解——堅硬、光滑、易碎，冷和熱的觸覺，恐懼、喜悅、失落的生理症狀。我們必須觀察並能傳達聲音和手勢的不同質感，從眼角、嘴角、手部、身體等幾乎無法察覺的微小變化中，解讀一個人的心態或情感。我們必須能用文字刺激汗腺和毛囊，令人垂涎，翻動胃海，惹來淚水、笑聲和蔑視。

人類的五感以視覺爲主導，因此，文學意象大多都是視覺的——以文字彩繪畫面，但可能也涉及其他感官，或者一次涉及好幾種感官，有時呈現出濃重而潮濕的聽覺效果，就像馬克·吐溫筆下的跳蛙追逐蒼蠅，跳到櫃台上，「結實像一團泥巴」。有時兼具視覺與聽覺，比如英國詩人羅勃特·白朗寧所描繪的「速速尖利的擦刮/火柴點燃的藍色火花」。

此外，也可能涉及觸覺，像是濟慈〈聖艾格尼絲節前夕〉一詩的開頭，讓讀者的皮膚感受到寒冷帶來的瑟縮和顫抖：

聖艾格尼絲節前夕——啊，刺骨嚴寒！
鴟梟疊羽覆毛受凍依然；
野兔踉蹌顫抖越過凍原，
寂靜是羊群在毛絨絨的羊圈：
祈禱者冷麻的手指數算
念珠，呢喃間呼吸霜凍，
如老香爐中的虔誠香火，
飛向天堂，不死不滅，
在甜美的聖母像前念誦。

用隱喻，還是直截了當的記述？

有個常見的誤解，就是認爲意象總是涉及譬喻。確實往往如此。英國神祕詩人弗朗西斯·湯普森將罌粟形容成「火焰的呵欠」，這是隱喻。英國作家D·H·勞倫斯說地中海日出時的海和天，像兩瓣蛤殼一樣張開，這是明喻。白朗寧的詩句透過擬聲詞（模仿聲音）來獲得生動的效果。但是，浪漫詩人濟慈在這首詩中幾乎沒有使用譬喻，就傳達出了整首詩的特質——冷：「毛絨絨的羊圈」（換喻）在這裡做爲對比，「呼吸霜凍」則是以視覺爲主的明喻。

有時候，直截了當、一絲不苟的記述，也可以像譬喻一樣生動。海明威還年輕、尚未出道的時候，下筆總是從最簡單的事物開始，盡力避免使用譬喻這種「欺騙」的手法。由於所有譬喻都涉及或隱或顯的比喻，而比喻又是一種判斷，因此，追求客觀的作家可能會對譬喻感到懷疑。比如T·S·艾略特（諾貝爾文學獎詩人）說：

那麼讓我們去吧，你和我，
傍晚在天空映照下敞開，

像病人被麻醉在手術台上。

這不僅揭示了詩中主角普魯佛洛克的幻滅，也可能揭示了T·S·艾略特本人的幻滅，將日落比喻爲手術台，這傳達出既荒謬又講究的諷刺，以及對粗俗生活的厭惡。相反的，聽聽海明威在《大雙心河》中描述的鱒魚溪：

他看著鱒魚將鼻子伸進湍急的水流中，許多鱒魚在深而急速的水中游動，池塘的表面受到木橋的原木阻擋擠壓而隆起，他從那光滑的凸面鏡往水面下望去，看見的鱒魚略有變形。

在這個段落裡，海明威純粹觀察，沒有做出或隱或顯的判斷，不像T·S·艾略特那樣跳來跳去的隱喻，海明威只再現所見之物。後來寫小說時，海明威放寬了對譬喻和象徵的禁令，這是正確的，避用譬喻和象徵無異於綁住單手寫作。然而，海明威完全依靠精準的觀察來做活靈活現的描寫，這樣的嘗試是一種無價的訓練，類似福樓拜（《包法利夫人》作者）規定學生莫泊桑（法國小說家）的訓練——將行動的內涵濃縮爲一個短語或一個單詞。

無論是用隱喻加以修飾，或是赤條精光的觀察，任何創意寫作都必須具體，也必須透過意象進行交流。所幸，看待事物的方式、風格和「語調」，幾乎和指紋一樣人人不同，不僅只有海明威、福樓拜那一套，還有其他寫法。

偉大的作家不是只會減筆，還會增筆

有一陣子，史考特．費茲傑羅一直纏著湯瑪斯．伍爾夫，詢問要怎麼追求精煉和形式。在〈別忘了，史考特〉這封信中，伍爾夫回覆費茲傑羅時寫道：

別忘了，偉大的作家不是只會減筆，還會增筆，莎士比亞、塞萬提斯、杜斯妥也夫斯基都懂得增筆——比起減筆，這幾位文豪的增筆更精采，而且令人難忘——對，難忘，一如福樓拜的刪削一樣難忘。

伍爾夫本人也很懂得增筆，筆下的角色一旦走過五金店櫥窗，就很難不列舉出櫥窗裡的每一項工具。此外，熟悉的小鎮的午後景象和聲音，則讓伍爾夫陷入五感狂熱：

光線來來去去，去了又來，噴泉噴出跳動的尾羽，任四月的風灑開成彩虹薄紗，曳過廣場。消防隊的馬兒用木蹄踩著地板，十分隨性，還用乾淨、粗糙的尾巴拂去地上的灰塵。電車從各個方向嘎嘎駛入廣場，每隔一刻鐘就像上了發條的玩具一樣短暫地停下來。一輛貨車，由一匹骨瘦如柴的馬拉著，在鵝卵石路上嘎吱作響……法院的鐘聲轟鳴著即將三點的莊嚴警告……

這段文字值得細究，尤其是動詞選用上特別強烈、極富生命力：「跳動」「灑開」「跺」「嘎嘎駛入」「嘎吱作響」「轟鳴」，這絕對不是像海明威說的冰山理論——故事的七分之六應在水面底下。伍爾夫的故事層層堆砌，堆到滿溢出來。

契訶夫的印象主義風格則既非增筆，也非減筆：「如果你這樣寫：在水車堰上，破瓶子的瓶頸閃現小小的光點，一團圓圓的濃影（似狗又似狼）從堰上掠過——滿月之夜的感覺就出來了。」

美國小說家史蒂芬・克萊恩也用印象主義的筆法，帶領讀者跟隨受重傷的士兵走向安靜的地方等待死亡，整個段落就像拖長的無聲尖叫，最後以一個單獨凝視的短語收束：「紅日像鬆餅貼在天上。」

另一種不同的風格，則是葉慈、T・S・艾略特、詹姆斯・喬伊斯等象徵主義作家，以及達達主義、超現實主義等變體的風格，在這裡雖然不多做討論，不過至少應該指出：這些作家故意半隱半顯，其顯筆使用難以理解的個人象徵，或是像喬伊斯〈會議室裡的常春藤日〉使用的顯靈，在這則故事裡，已故領袖帕內爾的鬼魂被領到坐滿三流跟屁蟲和阿諛奉承者的房間，這諷刺的一幕是以隱晦的筆法，透過象徵帕內爾運動的常春藤葉來展現。

年輕作家無需擔心要成爲自然主義者、現實主義者、浪漫主義者、印象主義者、超現實主義者或其他主義者，時代的知識潮流會引領作家接觸到大部分的主義，大可順著熱情跟隨其中一家或好幾家，甚至依次跟隨，直到找到自己的道路。大多數潛在的作家都是無所不讀，在學習的過程中自然也會模仿（除此之外也沒有其他方式）。過程中儘管會非常努力想要「發展個人風格」，但眞正的風格需要長時間才能發展出來，並與其思想和感性相互呼應或映照。要找到最適合自己的風格，最佳做法是遵循海明威的方法——試圖純粹陳述眼前所見。

關於「正確用語」

多年前，新英格蘭農場將奶油裝入稱爲「小桶」的木桶中，並透過連續攪拌堆積奶油，裝滿後再拿去市場販賣，每一桶的顏色、品質、甜度都不同，所以買家通常會用一根中空的管子插到小桶底部，獲取涵蓋所有層次的核心樣品。這就是年輕作家在選詞用字時最好的方法。

從表面上來看，每個單詞都有明確的意義，就像從表面來看，整桶奶油的顏色和品質都一樣。某些社會科學爲了將單詞用得像數學符號一樣精確，會定期嘗試創建定義明確不變的術語。有人引用一位語言學家的話說：「數學是最好的語言。」但是，詩人、小說家、散文家、劇作家都會反駁這句話。雖然珍珠就是珍珠，但從死去的牡蠣中取出的珍珠毫無價值——因爲沒有光澤。我們珍視的單詞是具有光澤的單詞——從語言的活體中切割出來的單詞。

學校太常努力強加死板、優雅的「正確用語」，這最容易澆熄年輕作家對創作的熱情。我們經常以「請勿……」的禁止事項來教學，並列舉糟糕的句子要學生改正，卻不讓學生沉迷於人類對語言自然而然的——甚至是抑制不住的——興味。

語言堪稱人類最偉大的發明；實際上，所有人類文明都建立在語言之上。儘管有習作和學校的矯正教育，但語言仍然生機勃勃，比起那些認爲每件事都有正確說法的人，卡車司機嘴裡的語言更具生命力。美國文學家愛默生就很羨慕車夫的言辭。我們都有這樣的經歷：某個未受教育且無拘無束的年輕人，無意間說了一句話逗女孩開心，或者三壘指導教練隨意一句話就激起火花——使用語言就該如此生猛。

這並不是說正確性無關緊要，或者是好和壞之間並無區別，而是說：我們應該準備好在語言的任何層次上進行成長和創新，學校越是僵化我們的母語，創新就越需要來自未受教育者。海明威說：「所有美國文學都來自馬克．吐溫的《頑童歷險記》。」這話雖然可能有點誇張，但書中頑童的神來之言和普通話語，大大影響了美國文學和美國語言的發展，其他書籍望塵莫及。

不妨簡單做個試驗：拿起霍桑的作品，閱讀任何一段文字——儘管霍桑是出色的作家，但是文字讀起來很老又生硬。接著，拿起馬克．吐溫的《頑童歷險記》，再讀一段文字，比如頑童哈克對河上日出的描述：

到處都沒有聲音——完全安靜——就像整個世界都在睡覺，只是偶然會聽到牛蛙亂呱啦一通。越過水面遠遠望去，首先看到的，是一條模糊的線，那是對岸的樹林；除此之外，什麼也看不清楚；然後天空出現一片蒼白；接著蒼白擴散開來；接著遠處的河水變得柔和，不再是黑色，而是灰色；你可以看到遠處漂浮著的小黑點——貿易船什麼的；還有綿延黑色條痕的木筏；有時你可以聽到撥水聲；或者混雜的聲音，周圍非常安靜，聲音傳得很遠；過了一會兒，你可以看到水面上的條紋，從條紋的樣子看，你知道那裡有個障礙物在激流中，水在上面散開來，所以條紋看起來才會那樣；你看到薄霧從水面上升起，東邊越來越紅，河流也變紅了——你可以看見樹林邊緣的小木屋，河的對岸大概是木材場，都嘛是騙子堆出來的，隨便從哪裡扔條狗進去都沒差；然後微風吹拂，從那邊吹來，涼爽、清新、芬芳的空氣，都是樹林和花朵的氣味；但有時候氣味又不是如此，因爲他們把死魚留在周圍，像鱘魚什麼的，眞的很臭；接下來就是整天懶洋洋，陽光下一切都在微笑，小鳥歌聲催落去！

根據教科書標準，這段文字會被圈出一堆紅字；但從其他標準來衡量，這是一段精采的散文，並實現了語言的初衷。馬克·吐溫盡量精確地觀察了整個場景，並找到了純粹的表達方式，其中包含了不少粗話，但這一點也不打緊，不僅次要的粗話不打緊，重要的粗話——「牛蛙亂呱啦一通」「小鳥歌聲催落去」「都嘛是騙子堆出來的，隨便從哪裡扔條狗進去都沒差」——都是天才橫溢的粗話，充滿了無法扼殺的創意和趣味，這些粗話時常出現在我們的日常生活中，隨意的言談、流行歌曲、甚至廣告口號中，都可見粗話的身影。美國青少年的次文化也存在著私人的粗話，源自爵士樂和爵士世界，年輕作家被這種美國次文學的語言所奴役固然不對，但完全無視卻是犯傻。成千上萬的讀者喜愛沙林傑的《麥田捕手》，是喜愛其語言帶給耳朵的愉悅：青少年的用語如此新鮮，充滿了口語的聲音，聽著多麼悅耳。

對於年輕的作家來說，語言沒有規則，只有警告——警告兩種極端的選擇：一種是書卷氣、文謅謅的語言，若是大聲朗讀出來，恐怕連作者都略感尷尬，這種用語顯然不對。但是，有些年輕人爲了在喜愛文學的同時不被稱爲娘炮，因而故意採用過於陽剛的強硬語言，這同樣也是不對的。

在這兩個極端之間，任何有效的表達都是好的，而看待語言時，態度俏皮總是比嚴肅更好。有一次，我在猶他州南部的布萊斯峽谷，聽到一個男人下車時對妻子說：「走，要不要過去轉一轉、看一看？」他顯然正在傻裡傻氣地玩文字遊戲，比起那些正經八百、準備去感受自以爲應該要有感受的遊客，這位丈夫俯瞰峽谷、尋找雷神時，所得所感想必更加眞實。

象徵沒有規則

確實，對於愛咬文嚼字的作家，世界上並不存在完全相同的同義詞。兩桶看起來相似的奶油，一旦檢查底層就會發現不同。有個老掉牙的例子是這樣的：「他拿濕方巾幫她擦臉」與「他拿濕漉漉的面巾擦她的面」，兩句話非常不一樣，儘管字面意義非常相似，但是「方巾」和「面巾」、「幫她擦臉」和「擦她的面」，兩者的內涵非常不同，只能從上下文和寫作目的判斷應該使用哪一個比較好。

英語做爲文學語言的最大優勢之一，在於擁有來自拉丁語、法語、盎格魯撒克遜語、希臘語等語言根源的豐富選擇，足以讓我們表達所有想要表達的物品、想法或行爲。大家通常習慣貶低拉丁語源的詞語、讚揚剛硬、簡短的盎格魯撒克遜語，但遣詞用字這種事最好留給作家自己去選擇、去表達。喬伊斯在《都柏林人》的第一個故事中，以一系列平淡無奇的單音節詞語開篇：「There was no hope for him this time: it was the third stroke.」（這次他沒救了：這是第三次中風。）然而，在讚揚這個開篇選詞恰當到麻痺的同時，也別忘了莎士比亞的「multitudinous seas incarnadine」（浩繁滄海盡皆紅）。不論字詞源自廣告還是希臘文，遣詞用字都以適合爲主。

就某種意義來說，一個詞就是一個象徵，紙上的字詞、口中的聲音，都向我們傳達了含意；「tree」（樹）是由四個字母形成特定的發音，同時也是一個東西，有樹皮、有樹葉，此外還有更多含意，例如：「Calvary tree」隱喻釘著基督的十字架。這種我們稱爲象徵主義的意義擴展，實際上是一種表達美學體驗最具啓發且簡潔的方式。

道路和小鎮本身是具體的事物，然而，在英國詩人A·E·豪斯曼的〈致早逝的運動員〉中卻變得意義非凡：

今天，所有奔跑者的道路匯聚，
我們高舉你歸家，
將你安放在門檻之下，
成爲寧靜小鎮的居民。

這裡的象徵顯而易見，哈佛大學的哈里．萊文教授歸類爲傳統層次。許多詩意的象徵都像這樣老嫗能解：旅程象徵著人生，比如《天路歷程》（基督教經典文學名著）；四季隱喻著人類的生老病死，像是這首莎士比亞的詩作：

秋涼晚景我身見，
瑟瑟黃葉兩三片，
枝頭空掛寒風顫，
好鳥歡歌聚還散。

第二種象徵沒那麼傳統，但仍顯而易見，萊文教授歸類為明白層次，例如：「國家之船啊，繼續航行吧！」第三種象徵就隱晦得多，帶讀者進入模稜兩可的領域。我們知道《白鯨記》的白鯨不僅僅是一條鯨魚，但究竟象徵了什麼呢？上帝？邪惡之靈？純粹無意識力量的具現？沒有任何一種解釋能讓人完全滿意。許多當代作品都屬於這個模稜兩可的世界，充滿了無法解釋、極度個人、意義浮動的象徵。許多當代評論則進入更為隱晦的象徵範疇，萊文教授稱之為「全憑臆測」和「無以採信」。

同樣的，對學生來說，象徵沒有規則，只需閱讀、閱讀、再閱讀，充實思想、盡力表達，如果深陷象徵風暴的漩渦，很可能會再也出不來（許多人就是這樣），但在傳統和明白的層次上則很安全，在隱晦的層次也相對安全。然而，一旦開始使用極度個人的象徵，並掩蓋（而非揭示）心中想法，就冒著走入狹隘和學究氣的風險——喬伊斯便是如此。

不過，可以確定的是：只要外在故事（或詩歌）扎實而完整，那再怎麼模稜兩可的象徵都無所謂。《格列佛遊記》隱含的寓意遠遠不只表面呈現的那麼單純，但仍不失爲迷人的兒童奇幻故事，一如《白鯨記》是尋找神奇大魚的冒險故事，儘管象徵意義縹緲，但故事內容實實在在。

作家最能累積實力的地方

儘管年輕作家應該多方嘗試，但有些體裁更適合初學者，例如：短詩、短篇小說、獨幕戲等，而最能累積實力的地方，就是**作品的開頭和結尾**——這些都是任何寫作中最困難的部分，也是契訶夫說過的：人最容易說謊的部分。

如果選擇抒情詩，年輕作家就不需擔心要掩藏自己，因爲抒情詩是一種極具個性的個人藝術。可是，如果選擇小說（尤其是短篇小說），年輕作家就不得不學學優秀的木偶師將自己手和腳隱藏起來。小說寫作的基本問題在於敘事角度，意即決定讀者會從哪個立場或意識去跟隨故事。相較於抒情詩，小說通常沒那麼主觀，但相較於戲劇，小說通常又沒那麼客觀，正如在《一位年輕藝術家的肖像》中，喬伊斯讓主角史蒂芬·戴達羅斯說出以下言論：

> 事實上，抒情體裁是對瞬間情感最直接的語言表現，也是一種有節奏的呼喚，就像早年激勵人划槳或拖石頭上坡的時候發出的吆喝，呼喚者察覺的是感受情感的瞬間，多過感受情感的自身。

相反的，戲劇大師「就像創造之神，可以身處作品之中，也可以隱身作品之後，還可以置身遠處或高處——藏得好好的，精緻得彷彿不存在，事不關己地修剪著指甲」。小說家就算假裝事不關己、置身事外，但始終存在於作品裡，難免會去操縱劇情，或提供另一種視角去評論、洞察或嘲諷。如果希望讀者沉浸在作品中，小說家會採用故事中某個角色的觀點，並僅用這個觀點去看、去思考，凡是這個角色不知道的事情，小說家也無從得知。如果小說家想要模仿劇作家，則會假裝自己是一台攝影機——一台有聲攝像機，約翰．史坦貝克（諾貝爾文學獎得主）的《人鼠之間》玩的就是這套把戲，同時滿足小說和戲劇的要求。但是，如果小說家想像契訶夫、康拉德、克萊恩等作家——既保有戲劇的及時感，又要保留評論的權利，那就得讓小說一邊說小說家想說的話，同時又要巧妙地將自己置身事外，這當中的平衡十分微妙。

「觀點」這個主題雖然太過複雜，在這裡只能稍提幾句，但是，這是小說家在磨練好文字基本功之後必須發展的主要技能，小說家既身處故事中，卻又彷彿不在其中，故事必須按其意願開展，但又彷彿自行展開。想要練習寫好觀點，短篇小說是最好的練習場，因爲篇幅短，任何觀點上的瑕疵就像奶油中的蜘蛛一樣醒目。此外，短篇小說十分凝鍊，小說家不得不發展言簡意賅的筆法和高超的結構技巧。再者，短篇小說強烈與深刻，就像高速子彈具有重型導彈的震撼。

作家必須震撼讀者。作家要讓讀者聆聽並吸引讀者的目光，找到方法讓讀者安靜下來，傾聽自己熱切想表達的內容——這一點作家必須始終牢記。作家是柯立芝詩中的古水手，用纖瘦的手和熠熠生輝的眼睛，牢牢抓住婚禮賓客的注意並爲其駐足。做爲一項腦力活動，任何人都能從創意寫作中得到好處，但做爲職業卻並非人人都能寫，業餘愛好者、一知半解者、三分鐘熱度的、懶惰的、遲鈍的、抄襲的，都不適合從事創意寫作。創意來自天賦加上勤奮努力，唯有這樣的人，才適合以創意寫作維生。

什麼是創意寫作？

創意寫作的意思是：馳騁想像的寫作，把寫作當成藝術，寫出法國人所謂的「純文學」，無關傳遞資訊，也無關各種更為一成不變的溝通形式。

有志成為作家者的祈禱文

有志成為作家者的祈禱文應該是：「主啊！讓我成為有話要說的人！讓我成為亨利．詹姆斯筆下『明察秋毫的人』。讓理解與智慧深深銘印在我的心版上，一如在飽經風霜的智者臉上刻下人生閱歷的皺紋。教我去愛，教我謙卑，也讓我學會尊重人的差異、人的隱私、人的尊嚴、人的痛苦，並讓我找到文字來訴說，讓這一切不會被忽視，也不會被遺忘。」

創意寫作始於五感

成功的創意寫作將洞察傳達給讀者，讀者會感到一陣刺痛，而且會全神貫注、五感靈敏、照見自我、不寒而慄、身歷其境、與之共情。

用隱喻，還是直截了當的記述？

無論是用隱喻加以修飾，或是赤條精光的觀察，任何創意寫作都必須具體，也必須透過意象進行交流。

關於「正確用語」

學校太常努力強加死板、優雅的「正確用語」，這最容易澆熄年輕作家對創作的熱情。我們經常以「請勿……」的禁止事項來教學，並列舉糟糕的句子要學生改正，卻不讓學生沉迷於人類對語言自然而然的興味。

象徵沒有規則

對學生來說，象徵沒有規則，只需閱讀、閱讀、再閱讀，充實思想、盡力表達，如果深陷象徵風暴的漩渦，很可能會再也出不來。

作家最能累積實力的地方

年輕作家應該多方嘗試，而最能累積實力的地方，就是作品的開頭和結尾——這些都是任何寫作中最困難的部分，也是契訶夫說過的：人最容易說謊的部分。

第3堂

談一談創意寫作教學——喚醒學生寫作天賦的21個問題

❑ 史泰納先生，對於創意寫作能不能「教」這個問題，您會怎麼回答？

你不難想像，一直以來有很多人問過我這個問題，畢竟我在退休之前，教了大約四十四年的寫作。

記得多年前，我與牛津大學莫德林學院的學者共進晚餐，我就像被豎起來遭受萬箭穿身的基督教烈士聖賽巴斯提安那樣。我想，這些英國學者認爲寫作是需要培養和駕馭的天賦，所以必須教，只是不適合在大學教。

我只能說他們處境優渥。英國和美國某些州的大小差不多，年輕作家可以到倫敦北部漢普斯特德找一間酒吧，不時就走進去，只要找到對的酒吧，肯定就能遇見文人，從此開始幫文學期刊打雜，這裡寫寫書評，那裡寫寫短文，或者寫詩、寫評論，進而踏上寫作學習之路。

但美國太大了。紐約雖然是出版之都，卻不是倫敦、東京、維也納那樣的文學之都，儘管也有像伍爾夫這樣的年輕作家跑到這浪尖上來學游泳，但其他作家沒辦法，很多都淹沒了。

因此，像我這樣在鄉下長大的美國作家，沒有方便的場所讓我能邂逅文人、接觸文壇、學習寫作的一般技巧。至少到最近為止，美國大部分地區的首府不是文化貧脊，就是有待開發。想學寫作，最好的選擇就是去學院和大學的寫作中心，在這樣的情況下，寫作課想不發展起來都不行。

當然啦，老師在學校裡能教的很有限，只能營造出孕育寫作的環境，讓大家對寫作感興趣，並且互相批評指教。如果連老師都不確定自己在寫什麼，又要怎麼「教」寫作？

每寫一本書就是一段探索之旅，最後很可能空手而返，在海上可能會迷航——義大利探險家約翰．卡波特不也這樣？沒探索過的地方，何來地理知識可言？老師只能鼓勵多多探索，灌輸航海新手什麼可以做、什麼不能做。

出過海的老師可以教怎麼用羅盤和六分儀——換成寫作術語就是教語言、教用法、教千錘百鍊的文學工具、技巧、策略、立場，以及如何觸及小說的敘述本質、劇本的戲劇張力、思緒千錘百鍊後的難忘。

只要是老師，都可以阻止不良（意指徒勞或無效）的習慣、鼓勵有效的習慣，並引導後起之秀發揮所長，避免誤入歧途、失意潦倒。此外，還可以傳達必然眞理——好的寫作本身就是目的，誠實的作家就是有價值的公會成員。寫作老師最重要的功能莫過於此。

在文化的幽冥之地，學院就好比修道院庇護所。在學院裡，老師可以鼓勵（甚至仿造）人文薈萃孕育出的場所，例如：莎士比亞時代的「美人魚酒館」、倫敦漢普斯特德的酒吧。在大學裡，意氣相投、才華相當之輩可以聚在一起，互相激盪出火花。

依據我的經驗，大學教寫作最好透過同儕互相學習，這並不是說老師就無關緊要。學生不會無緣無故就互相學習，老師需要經營環境——這跟上帝經營氣候一樣困難。

❑ 所有人都能學會創意寫作嗎？人人都應該學習創意寫作嗎？

不能，也不應該。我一直記得林．拉德納（美國體育專欄作家和短篇小說作家，海明威和伍爾夫都很欽佩他的作品）說過的話：生來就是藥劑師的，怎麼教也不會變成作家；體重破百的鏈球選手，怎麼教也不會變成短跑健將；天生就是音痴的，怎麼教也不會變成音樂家。天賦無論多寡，總歸是個起點。你只能協助天賦發展到其潛能的極限。

不曉得自己潛能的人確實很多，少了老師從旁協助，或許一輩子都無從瞥見自己的潛能。更令人難過的是：有些人誤判潛能，硬是去追求自己毫無天賦的事情。

然而，我相信天賦比我們想像的更普遍，天賦隨處可見，幾乎人人都有，值得好好發揮，但這不表示學校可以出產作家——工程學院或許可以出產工程師，但作家不能靠學校來出產。

寫作不是智慧的結晶，也不是努力的成果，寫作靠的是天賦。天賦天生就有，無法依靠後天習得，而老師能做的是發展學生的天賦。

但我打從心底相信：生而在世，每個人都應該有機會將所長發揮到淋漓盡致，許多未開發或遭掩蓋的天賦就像孢子——稍加灌溉便會成長。

❑ 要怎麼看才曉得誰真的有創意寫作的潛能？

要看他們有沒有表現出天賦的跡象，像是語感、洞察力、觀察敏銳。看人其實很不容易，不同類型的作家顯示出的天賦印記截然不同。

如果單看語感，絕對想不到西奧多．德萊賽會成爲一代文豪。說實話，小說家該有的條件德萊賽都有，唯獨語感欠缺。不過，就算一句英文句子都寫不好，人家也照樣成爲文豪。所以說，預測是非常冒險的事。

史丹佛創作學程收過數百件獎學金申請信，申請人要表明自己想做什麼，並附上作品。記得有一年，我雙手各拿著一封申請信，第一封矯揉造作，充滿玄虛的比喻、牽強的隱喻、華美的修辭，簡直是威廉．福克納（美國南方文學巨擘）加上崔斯坦．查拉（法國現代詩人），或英國超現實幽默劇團巨蟒（蒙提．派森），文辭極盡浮誇，讀起來令人非常費解，而且長達四頁。

第二封信只有四行，信上只說她看到我們的學程願意讓天賦充分發揮，另外還說了她想要寫小說，而且想要把小說寫好。

第二封信的申請人是蒂莉．歐森。歐森確實寫過小說，而且寫得很好，我們把獎學金給了歐森，但沒有給第一位申請人。在歐森的信中，我們看到了直率和誠實。至於第一封信，我們看到的是矯揉造作和自命不凡，申請人非常想當「文人」，而歐森只想寫小說。

但看人未必都這麼簡單，評判他人高下優劣很痛苦，因爲你的評判對那些受評者來說意義重大，完全是對人不對事。

說到底，寫作潛能看的是善感（聽起來很娘，但是未必），善感在本質上關乎感官，所以要看是不是耳聰目明？能不能找到詞語來傳達所見、所聞、所感？

而所謂語感並非語法完美無誤，我們看的是精不精確、恰不恰當、生不生動。此外，當然還要看有沒有（基本的）觀念——知道好的寫作必須嚴肅。而且還得看有沒有見識——了解文學應該提升人生。

❑ 幾歲開始接受創意寫作指導算是太早？

培養善感永遠不嫌早，有不少詩人少年便展現詩才，這讓我相信寫作永遠不嫌早。

詩人出道的時間可能遠遠早於小說家，這是因爲（至少在我們這個時代）詩歌本質在於抒情，也就是抒發「個人」感情，而人往往是先意識到自己，然後才慢慢明白自己與社會文化之間的纏纏繞繞——而這樣的千絲萬縷多半是小說的濫觴。

所以，如果手癢想寫東西，就寫吧，這種事沒有「法定年齡」，但是如果想寫出令人難忘的內容，那可能還是有年齡的門檻。比起散文，詩歌成熟得更早，畢竟個人風格是個人風格、敏銳善感是敏銳善感，兩者截然不同。

不過，教寫作可能會教得太早。教學包含人格養成。能教，代表學生的人格至少大半成形。此外，教學也涉及對學生自我的認可（儘管我希望事實並非如此，但事與願違）。年輕作家透過他人的意見來考驗自己，而出版則是考驗中的考驗，將寫出來的東西送印出版，等於是將作者的文學自我放大再放大。

我曉得有老師把國中生、高中生打造得文人範十足（討人厭），讓這些少年把自己的作品想得太好、太成熟、太有價值。好高騖遠反而只有更妨礙這些十五歲的孩子，到頭來不是期望落空，就是太晚成功。在我看來，這不但沒幫到孩子，反而是害了孩子。中學生需要的應該是鼓勵和挑戰，不該用虛假的希望來自我膨脹。

儘管聰明早慧的作家也不是沒有，但作家在出道之前往往有很長一段路要走，小說家多半要到三十歲之後才算是眞正的作家，而成熟這件事情是教不來的，只能親身體會。

如果你還在念大學，或者大學剛畢業，你大可盡情揮灑文采，大家會讚賞你的文筆，但沒有人會幫你出版。日子一天一天過去，突然有人找上門，說要幫你出版，儘管你看不出眼前的作品和兩、三年前有什麼不同，但編輯看得出來。你把少作寄過去，希望能蒙混過關，但編輯竟然把稿子退了回來，要你寄新的過去，甚至連往後的作品都包了。你的腦子裡或打字鍵盤上究竟發生了什麼事，沒有人捉摸得透，老師也使不上力——但或許能幫上一點忙。

這個問題雖然簡短，但回答很長。如果回答得簡短一點，我想我們應該鼓勵年輕作家寫作，但要勸他們不要把自己想成作家。如果這些年輕作家懷抱著文學抱負上了大學，就該告訴他們：無論是童年寫的第一首詩，還是發表在校刊上的作品，都只是出道之前的漫長準備。

這些準備不一定要在課堂上進行，也可以是日常的書信或日記，只要強迫自己用文字來表達經驗就可以。

❑ 所以意思是說，學生在認真踏上寫作之路前，應該先勸他們多多累積生活經驗嗎？

如果學生還要人家勸才去「多多累積生活經驗」，這位學生大概永遠當不成作家。在這方面，亨利．詹姆斯給過一些有用的建議。雖然詹姆斯勸年輕作家成爲「明察秋毫的人」，但在評論莫泊桑的文章中，詹姆斯卻懷疑莫泊桑的老師福樓拜那遠近馳名的教導——好好觀察眼前的挽馬，就算把全世界的挽馬擺在你眼前，你也要能認得出來才行。

記筆記嗎？詹姆斯認爲大概沒用（但詹姆斯本人是筆記狂，所以這條建議不可盡信）。不可能爲了寫成文章，就出門去「歷練歷練」；如果一件打動你的事情還需要記下來，這件事大概就深刻不到哪裡去。

會成爲作家的人用不著別人勸，自動就會留心人生經驗與生活細節，並且爲經驗所打動。有位評論家說，詹姆斯的人生就是從缺乏歷練到缺乏歷練，即便如此，詹姆斯始終確定哪些缺乏歷練令人難忘，就連缺乏歷練本身也逃不過他的法眼。

只要多留心，人生不論好壞，都是寫作的素材。薇拉．凱瑟（美國重要的鄉土作家）說：「此時此地發生的一切就是小說。這我同意。勸都不用勸，眞的會寫點什麼的人，都很清楚什麼事情會打動自己。」

❑ 不過，您曾經說過：「人即其文」，也強調過：在文學上取得成功不僅是「口才問題」，這難道不是表示：創意寫作者必須擁有相對成熟的經驗做為陳述和表達的底子嗎？

沒錯，需要經驗當底子。我說詹姆斯缺乏歷練，並非說他眞的毫無經驗，沒有作家可以憑藉著空想或純粹虛構來創作，小說家尤其不可能。如果缺乏經驗，連虛構都虛構不出東西來。

我想說的是，爲了創作強求而來的經驗，也許寫得出遊記，可能也寫得出報導，但大概寫不出文學。再說了，人生的經驗五花八門，有一些更是低調沉靜、難以捉摸，需要精密的蓋格計數器（核輻射探測儀）才能探測。

想要獲得經驗，就要好好生活。所謂生活不是爲了獵奇去流落窮鄉僻壤、追尋異國情調、走極端、冒險犯難、違理犯法。任何經驗只要反覆觀察，都可能看出奇特之處，進而生出詩歌或小說。

同樣的道理，比起閱歷淺薄者，閱歷廣泛、深入生活的人有更多事情可以寫，或許也更有成熟的智慧做爲底氣——注意，我說的是生活，不是爲了獵奇而流落窮鄉僻壤，也不是爲了追求文學去冒險犯難。

話說回來，我其實沒有確切的答案。梭羅有什麼閱歷？他深居在瓦爾登湖，埋首書堆，深入思索。從職業來看，梭羅只是個兼職的土地丈量師兼打雜工，一點也不出眾。

小說的題材不僅限於作者的曾經，也可以借鑑他人的經驗。佛洛斯特說，小說家應該能把發生在自己身上的事情當成別人的事情來講，也能把發生在別人身上的事情當成自己的事情來寫。這就講到重點了：小說講究的是溝通技巧——以言詞使讀者悅納。

❑ 在您看來，學生最需要老師做的是什麼？

學生需要老師認眞對待，也需要老師保障自己理直氣壯想寫就寫。此外，就算老師必須勸學生別浪費人生在毫無希望的努力上，也不能輕率打發學生——這太踐踏心靈了。

每位學生都有權利獲得傾聽，也有權利獲得誠實的告知：自己的作品究竟有沒有火花？是煙火？星火？還是火花全無？老師要再三確認自己所言屬實，才去稱讚學生很優秀、很有前途。老師最好要記住：寫作非常私人、非常觸動敏感神經。先記住這一點，再去勸他人停筆。

這些都無教學技巧可言。教寫作就是教思辨，需要的是態度，而不是技巧。

❑ 您認為閱讀是寫作準備的重要環節嗎？

哦，絕對是，百分之百是。藝術學習並非源於自然，而是源於傳統、源於前輩。海明威說：「人家比你差，你可以偷學；人家比你好，你也可以偷學——承接其影響，甚至青出於藍。偷學是常態。」

在多斯．帕索斯的《美國》三部曲裡有詹姆斯．喬伊斯的身影；在諾曼．梅勒的《裸者與死者》中有帕索斯的聲音。作家之間彼此教導、學習觀察與傾聽。

想從個人經驗中開竅，就像沒在場上看過學長打球、也沒上場和學長打過球，卻想老練地使出籃球招式，這根本是不可能的事情。

此外，影響你的事情隨時變化，你的品味到哪裡、智力到哪裡、經驗到哪裡，影響就在那裡。

我曾經聽T．S．艾略特說過：想灌輸對詩歌的熱愛，就讓孩子從動人的詩作開始讀起，比如《古羅馬之歌》等流暢易讀又好記的敘述詩，孩子如果受到〈孤軍奮戰〉〈勒吉魯斯湖戰役〉等古羅馬詩歌感動，未來就會閱讀更艱深、更有所得的詩歌，例如：T．S．艾略特、華萊士．史蒂文斯（美國現代主義詩人）、里爾克等詩人的詩作。

比起沒讀過詩的孩子，讀過萬卷詩的孩子更有可能成爲詩人，這道理不用多說，大家都懂。

雖然引導孩子、指導孩子往有興趣的方向去閱讀，勢必對他們有所助益，但我也很樂意打開圖書館的大門，讓孩子走進去探索。閱讀的樂趣大多源自探索的喜悅，而探索也是點燃創意火花的捷徑。

偷學當然蘊藏危險。只要是作家，通常都會經歷深受某位景仰作家影響的階段，但偷學很難長久。如果眞正有才華，偷學來的伎倆也掩蓋不住；如果沒什麼才華，偷學也只能幫襯一陣子。

事實上，驚人的是，我認識的作家大多無所不讀，他們爲了好奇而讀，爲了留心對手而讀，爲了探索自身領域的樂趣而讀。除此之外，他們也讀考古學、讀傳記、讀歷史、讀物理、讀地理、讀生化實驗室的新發現，任何只要夠聰明、外行人也讀得懂的事物，都有助於作家了解自己生活、書寫的世界。閱讀一部分是刺激大腦、滿足好奇的活動，純粹爲了讀而讀，另一部分則是出於實用。

小說家尤其必須是通才，一篇小說如果寫到聖公會婚禮，小說家就必須了解聖公會婚禮，或是查找有關聖公會婚禮的儀式，而且了解聖公會的思維更是基本中的基本。他筆下的角色再怎麼不起眼的舉動，都可能是小說家不曾有過的經驗或心境。所以，小說家閱讀不是爲了吸收資訊，他的動機是出於好奇與有興趣，在閱讀過程中獲取五花八門的資訊。

❏ 這樣說來，教創意寫作該不該教一下事實和資訊的處理？

確實該教。作家必須通盤了解筆下的事物，這是作家的功課，無可替代。那些知識淵博、增廣讀者見聞的書籍，往往經久不衰。不過，有時候不懂也只能裝懂──甚至可以正當光明地裝懂。

還記得獵野兔的印第安人嗎？印第安人三天沒進食，對野兔窮追不捨，終於把野兔逼到絕境，準備拉弓射箭，野兔卻坐起來說：「汪汪！」印第安人吃了一驚，放下弓說：「你是哪種兔子？確定是兔子？兔子怎麼會汪汪叫？」兔子說：「噢，我是兔子啊，百分之百是兔子，但被逼急的時候，有兩把刷子好處多多。」

寫小說寫到被逼急的時候，有兩把刷子也是好處多多，不懂也要裝懂，低音吉他拿起來刷下去──重複彈奏同樣的樂句，用爆表的自信掩飾自身的不足。不過，一般說來，作家必須通盤了解筆下的事物，這是作家的功課，無可替代。無論涉及歷史、難得的當代經驗、科學、小鎮政治、撲滅森林大火等，小說家或許信手捻來、或許深入研究，表面上輕描淡寫，私底下卻做足了功課。

這也是應該要教導學生的重要課題，就算只是打破那庸俗的誤解也好——很多人以爲寫作很簡單，不過是「拼湊字詞」，但字詞必須意有所指，拼湊也絕非易事。寫作不是輕浮的消遣，我們應該嚴肅以待，就像研究大腸桿菌病毒X170的DNA一樣。

換言之，就是要嚴格，對某種眞相負起責任，對筆下事實負起責任。我教過最糟糕的寫作課就是所謂的「甜課」，師生彼此吹捧，無論說了什麼，只要說得動聽就絕對不會錯。老師如果容忍這種氛圍滋長，學生認知的寫作行業和作家義務就會錯得離譜。

有這麼一、兩次，我接手了一門「甜課」，那老師教了一學期，對學生很寬厚、很縱容，大家都拿A，作業遲交也不處罰，缺交也不處罰。無論學生寫什麼，都當作「眞理」不加批評。這種老師雖然人很好，寫作底子也不差，但因爲對學生的要求太低，實在稱不上是好老師，這種甜課上個一年，學生就被寵壞了，上、下學期都白費了。縱容學生毫無助益，學生只能希望還有辦法恢復原本的嚴謹。

❏ 接下來是否可以請您談談寫作「技藝」的傳授，例如：文學手法、文學技巧？

「技藝」應該傳授多少？能夠傳授多少？答案莫衷一是。同理，「技藝」應該如何直接傳授、循序漸進地傳授？答案也是見仁見智。

最要命的莫過於老師把自身的技藝和理念強加給學生（但這絕非罕見聽聞），常見的教法則是：想學什麼文學技巧，就去研究擅長那項文學技巧的作家，比方說，跟喬伊斯學意識流、跟康拉德學多重視角。

不過，這種教法如果只是閉門造車的課堂練習，成效非常有限。創作多重敘事小說遇到瓶頸的學生，顯然應該讀一讀康拉德的《吉姆爺》。想用蒼白平板的意識流敘事的學生，不得不了解喬伊斯、桃樂絲·理查森（英國作家和記者）、維吉尼亞·吳爾芙（英國女作家，被譽為二十世紀現代主義與女性主義的先鋒）等作家。就算只是學到不要再這樣寫，學到就是學到。

我相信有需求才該有作業，也相信討論稿件只需蜻蜓點水，就足以讓年輕作家自行探索、增長見識，抽象的文學技巧如果沒有用武之地、學生也不想學，其實一點用處也沒有。

我從不規定寫作班學生任何閱讀教材，因爲沒有用（文學課或許還行得通，但文學課也有文學課的問題）。每位作家都是獨立的個體，生活與文學都是靈感的泉源，誰對他有幫助就偷學誰，規定他閱讀教材，無異於要年輕的薩爾瓦多．達利（西班牙超現實主義藝術家）、喬治．布拉克（法國立體主義畫家與雕塑家）、莫內，去臨摹達文西的《蒙娜麗莎》，或是湯瑪斯．根茲巴羅（英國肖像畫及風景畫家）的《藍衣少年》。這只會培養出學院派作家，卻培養不出優秀的作家。

討論全班作業往往是指導技藝的絕佳途徑，飽蘸感情的文辭，引人入勝的段落，披露角色的情節，都能在舌尖玩味、令人拍案叫絕，比起閱讀米爾頓更有收穫。

❑ 在教學過程中，老師應該有意塑造學生的個性，或者讓學生的人格更完整嗎？

對於這一點，我頗有感觸。我不認為自己能把學生教得更好、更偉大、更有人文關懷，但我堅信：為了寫出出色的詩作，作家必須成為出色的詩人，換句話說，作家必須留心陶冶自身的個性和品格。

我不同意王爾德的觀點。王爾德說：「投毒者是投毒者，寫文章是寫文章，兩者無關。」怎麼會無關？投毒者的文章就算寫得再美，也還是投毒者寫的文章，縱使不涉及私生活、道德、品德，投毒本身就是缺陷——或許沒那麼善感、沒那麼大度、沒那麼悲天憫人——這些都會在文章裡反映出來。

儘管藝術家大多有缺陷，但或許都該努力去克服。可是，要怎麼教學生擴大內在世界來充實作品內容呢？這豈不就像要求學生為了寫作而去「獲得經驗」嗎？

廣博是終身之志，有時是有意識的目標，有時是無意識的行動。你充實自己，是因為這是你的天性；你成長，是因為你不安於現狀。就像海狸必須不斷東啃西咬，否則牙齒就會太長而無法進食。會成長的人就是會成長。無法忍受自己渺小就會追求偉大。

如果你追求成長又正好是作家，你的文章就會越寫越好、越寫越寬廣、越寫越有見識。但這要怎麼教？答案恐怕只有老天爺才知道。

也許可以向學生闡述這樣的理念：廣博、寬容、明智都是美德，以此做為人生目標，遠遠勝過享樂、發財、成名。相比之下，我覺得享樂、發財，甚至成名，都很可鄙。

我在班上通常就說到這裡，但未必全班都會聽進去。

❏ 嚴守寫作規律或按時寫作，通常是受到表揚的寫作紀律，針對這一點，您有沒有什麼想說的？

不同類型的作家有不同的寫作策略。我的寫作經驗以寫小說為主，寫小說是漫長的酷刑，威廉・史泰龍（美國小說家和散文家）說像跪著從海參崴走到西班牙，這絕對不是在耍嘴皮子。

寫小說必須泡在小說裡（至少我是這樣），一邊寫小說一邊讓小說成眞。據我所知，讓小說成眞的唯一辦法，就是早上八點鐘跳進去，吃午餐再浮上來，唯有如此，小說才能跟午餐後到就寢前的生活一樣眞實。

要相信小說是眞的、是有價値的，而且始終這樣相信，唯一的辦法就是每天早上到固定的地方寫作，並按照辛克萊．路易斯（第一個獲得諾貝爾文學獎的美國作家）的建議：把屁股黏在椅子上，黏好、黏滿。

這樣的紀律確實不易遵循，年輕作家常常反抗，因爲日復一日獨自寫作，常常令年輕作家焦躁不安。

寫作很悶，年輕作家必須召喚這種悶、尋求這種悶，把自己關起來盯著牆壁，在鍵盤前坐上四、五個鐘頭，每週就這樣坐上七天——不能只坐六天，也不能只坐五天，更不能只坐兩、三天，必須坐上七天。

夜貓子可能會覺得比起白天，夜深人靜更適合寫作。寫詩、寫劇作、寫短篇則憑靠瞬間爆發力，而非憑靠長期專注。儘管如此，養成根深柢固的良好工作模式，有百益而無一害。

說到底，這是測試承諾的絕招，除了自己之外，沒有人可以強迫你坐在鍵盤前。而你之所以會坐在鍵盤前，是因爲你想坐在那裡——因爲你非寫不可。

❑ 從老師的立場來看，有哪些危險需要特別警惕嗎？

危險還不少。首先，太關心學生的創作會怠忽自身的創作，許多老師教著教著，就從作家變成了「前作家」。

此外，一代代的作家有一代代的關注和寫法，老師教一教也跟著裝年輕，開始模仿起學生，進而忽略自己的人生經驗。放棄自己辛辛苦苦經營的場子去跟人家搶地盤——這念頭雖然讓人興奮，但往往很危險。

最後，長年養學生也是個大問題。年輕作家可能會依賴恩師，覺得恩師有經驗、有人脈、有答案，結果就一路依賴下去，甚至賴上一輩子。

一旦開始養學生，老師就會深陷泥沼還不亦樂乎，享受亦師亦友的快樂，或者幫助學生出道的快樂。但學生的需求可能會蠶食鯨吞老師的生活——這是眞心話。

所以我才辭掉教職，但依然擺脫不了養學生的命運。教書教了四十多年，教出無數學生，加上我有幸慧眼獨具，教出了不少作家，結果就是讀了堆積如山的校樣稿。

❑ 老師應該進入學生的創作和寫作過程嗎？分寸應該怎麼拿捏？

進入創作和寫作過程是學生的事，只有學生知道自己的初衷，並且將初衷寫成作品、化爲行動。老師應該了解學生的初衷而不加以控制。老師的工作是培養作家，而非創造作家。

的確有許多教寫作的老師會教出自己的小圈子，進而黨同伐異。我覺得這樣不對，老師不該教出自己的信徒，或是教出自己的翻版。這種老師很該譴責。

教寫作需要濟慈所說的「直觀力」——能共情、能共感、能走進學生的思緒卻不主導。老師如果堅持己見、對教學的見解狹隘，就很難幫助學生更上一層樓，反而灌輸學生日後必須甩開的看法。

❑ 倘若如您所說：美國的大學和學院是傳授創意寫作的主力，這是怎麼演變而來的呢？

二十世紀之前，美國大學並不教寫作，據我所知，其他教寫作的國家都是學美國的，有些國家的大學至今仍不教寫作。

二十世紀初，哈佛學院的院長勒巴倫．拉塞爾．布里格斯要求班上學生每天以不同主題作文（當時紀律嚴明，後來鬆了不少），這門課出了很多很多美國作家，其中羅伯特．本奇利（美國幽默作家）直到退休為止，每天都以不同主題寫作八百字的文章。

布里格斯並非唯一推動寫作教學的哈佛教授，查爾斯．湯森．科普蘭也見賢思齊。當時美國半數以上的作家，都是這兩位哈佛教授的高徒。

一九四〇年代，我到哈佛大學教書時，西奧多．莫里森為英文系的寫作課程開了五個職缺，名爲「布里格斯暨科普蘭英文寫作講師」，以此紀念上述兩位哈佛教授對寫作教學的貢獻。當時英文寫作已經普及全美，我在猶他大學念書是一九二〇年代的事，當時系上就有寫作課，但是列爲次要的課程。

普及寫作並非一蹴而就，其中關鍵的第二步，就是在佛蒙特州成立布雷德洛夫寫作營。布雷德洛夫位於佛蒙特州，是明德大學的暑期學校。據我所知，這是寫作營的濫觴，與哈佛大學有相當直接的聯繫，但主要創始者是佛洛斯特和FSG出版社創辦人約翰·奇普曼·法拉爾。

首位主任由法拉爾勝任，不久後由莫里森接任，這一任就是好幾年，莫里森不僅從哈佛大學找來寫作老師，還聘請佛洛斯特、伯納德·狄佛托（美國歷史學家、散文家）、路易斯·安特邁爾（美國詩人）擔任教學主力。每年八月底聚會兩週，以學院的嚴謹搭配文人的隨性，講課的講課，讀稿的讀稿，研討的研討，寫作的寫作，網球打了不少，酒也喝了特多。

幸虧布雷德洛夫寫作營只辦兩週，再多辦一天，布雷德洛夫山恐怕都會炸裂。十四天的創作營往往收獲良多，學員接受各種刺激，老師則傾囊相授。

布雷德洛夫寫作營爲寫作營立下典範，此後各種寫作營紛紛創辦，有的辦在各地首府，有的辦在亞斯本、太陽谷、斯闊谷等山區度假勝地。

普及寫作的第三步始於一九三〇年秋天，諾曼．福斯特（二十世紀初新人文主義運動的領袖人物）在愛荷華市的愛荷華州立大學開設「文人學院」、提供草創的寫作學程（日後成爲美國最大且最著名的寫作學程）。福斯特教授允許英文系的研究生以創作（包括短篇、長篇、詩歌）取得碩士學位，我當年正好在愛荷華州立大學念碩士，並選擇以創作取得學位，我就算不是全美國第一位創作碩士，也是前兩位或前三位。

福斯特教授創立的學程後來甚至允許博士生以創作取得學位，但在大蕭條期間，創作博士似乎很難找到教職，有些作家因此見風轉舵，轉而取得較爲正統的學位。現今的寫作學程大多提供碩士學位（尤以創作碩士更爲常見），但不提供博士學位，學院多半認爲博士論文應該研究文學史或文學評論，博士則應該教文學而非創作文學。

儘管如此，寫作終於榮登學術殿堂，這段歷程始於布里格斯院長要求全班每天選擇主題寫作，終於愛荷華州立大學成立寫作學程，此後各種創作學程風起雲湧。直到一九二〇年代末，作家正式出書之前，都是從替報紙供稿開始累積作品和經驗，晚近者如辛克萊．路易斯、德萊賽、海明威，更早期如威廉．迪恩．豪威爾斯（美國現實主義小說家）、馬克．吐溫、理查德．哈丁．戴維斯（美國新聞記者、小說與戲劇作家）、克萊恩等，也都是先在報紙上發跡，後來才有機會出書。

現狀與往昔大異其趣。在美國，作家（尤其是嚴肅文學作家）很難單靠寫作維生，許多作家不得不兼職，寫作融入學院的創舉為作家帶來教職，有的教一學期，有的教兩學期，而且還能放三到四個月的暑假，因此大受作家歡迎。

大學的寫作學程也是巡迴演講和巡迴朗讀的搖籃，幾乎所有叫得出名字的美國作家，不是在大學任教，就是在巡迴講學。

以前作家多多少少瞧不起大學，大學英文系院則對作家心懷疑忌，認為作家是沒教養的狂徒，如今作家和大學泰半已經休戰（最差也頂多冷戰），幸運的話，則可見大學與作家合作擦出火花。不論如何，美國作家大半能在大學找到一席之地。

❏ 目前創意寫作課程通常由英文系開設，關於這一點您是否贊成？

我說過，作家和大學之間未必毫無摩擦。英文系開職缺給作家，多多少少有些埋怨，覺得作家或許能夠揮灑文字，卻缺乏學識和學養（有時候確實如此）。反之，作家往往認為當不成作家才會進英文系任教，這些老師出不了書，所以才跑去教書，更因為羨慕、嫉妒、恨，所以無法完全接納作家進入學術殿堂。

我覺得，隨著時間流逝，這些偏見相信會逐漸消散。正常來說，英文系通常接受作家以出版詩歌和小說來升等。此外，有些英語系厲害就厲害在寫作課程。

有一件事不得不提：無論英文系多麼歡迎寫作學程，寫作學程都不應該由英文系把持，尤其不得獨攬選任教師的大權。

英文系以結黨營私而惡名昭彰，系上教授就算不是師出同門，也是出身相同體系，而制定體系的往往是這些教授的老師。他們訓練學生的重點並非寫作，而是文學批評、文學閱讀和文學史。

學校允許英文系開缺甄選寫作教師時，選上的往往是我認爲不適任的老師，包括圈內人士、小眾作家、追捧深奧或晦澀眞理的人士。

我認爲由作家來甄選寫作教師，才能確保寫作學程內容廣博、教學方法靈活變通。

❑ 在美國，創意寫作的傳授大抵由大學與學院主導，這是否或多或少影響到美國文學？

這很難說。一般寫作有多不受商業壓力影響，大學和學院的創意寫作（無論寫手是老師還是學生）就有多不受商業壓力影響，這既是福也是禍。不管怎麼說，商業壓力確實擰去了作家的偏鋒。

英文系的小圈子則相反，反而鼓勵實驗性寫作（有時甚至是愚妄的創作），並認爲實驗性寫作比追求出版的寫作更純粹。儘管英文系的寫作學程未必封閉，但確實容易流於象牙塔。

從新文人主義到還原論，這些席捲英文系的潮流對美國文壇的影響有多少，我個人相當懷疑，因爲比起文學潮流，文壇作家的作品更貼近眞實人生，而且從未改變。不過，眼光敏銳的評論家可能會發現：隨著過去四、五十年來寫作在學院站穩腳步，美國文學更計較細枝末節，更樂見（歐洲所謂的）「流派」形成，也更願意「實驗」——通常是學喬伊斯的風格（除此之外，喬伊斯對美國小說並無太大影響）。

❑ 要設立創意寫作課程，需要採取哪些具體的步驟呢？

二戰結束之後，我從哈佛大學轉到史丹佛大學時，當時就不得不面對這個問題。我身邊突然多了一群剛下戰場的軍人學生，心智比一般大學生更成熟，心裡頭有更多故事要寫——而且迫切想寫，以彌補在軍中逝去的三、四年歲月。

身處在這所鄉下大學——與紐約相隔四千八百多公里，搭車到舊金山要一小時——該怎麼做才能支持和鼓勵這些才華洋溢的學生？所幸，我有哈佛大學、愛荷華大學、布雷德洛夫寫作營的經驗，以及密西根大學霍普伍德獎立下的榜樣，這些都是我借鑑參考的對象。

首先，我想要提供獎學金來爲這些青年才俊爭取時間，古根漢等獎學金計畫順勢成立，完全不需其他理由。

其次，我想學霍普伍德獎，在史丹佛設立文學獎項，後來確實也設立了，但後來因爲這些獎項導致學生之間劍拔弩張，加上很難找到能幹又優秀的評審，因此不得不作罷。

再者，我們需要資金邀請傑出的作家來駐校，短則一天、一週，長則一學期。長年下來，史丹佛的駐校作家包括許多傑出的作家：

佛洛斯特

凱瑟琳・安・波特（美國小說家、散文家，曾是普立茲小說獎的得主）

伊麗莎白・鮑恩（英國作家）

霍爾滕斯・卡里舍爾（美國小說家）

沃爾特・范・蒂爾堡・克拉克（美國小說家，被列為內華達州二十世紀最傑出的文學人物之一）

弗蘭克・奧康納（愛爾蘭作家，以短篇小說及傳記最為有名）

馬爾科姆・考利（美國文學評論家、翻譯家、小說家、詩人、編輯）

……這當中有好幾位甚至駐校好幾次，大大豐富了寫作學程的內容，如同獎學金一樣不可或缺。

我們的經費還用在哪裡呢？除了提供獎學金、聘請駐校作家、設立（後來作罷的）文學獎項之外，就是支持出版，每年幫寫作學生出詩集和小說集。撇去這些不論，史丹佛大學創作學程跟標準英文系課程大同小異：循序漸進從入門課到碩班課，全部由作家授課。此外，就是可以用長篇小說、短篇選集、詩歌選輯來取得碩士學位。

只要有才華出眾的學生——史丹佛從來不缺才俊——就足以設立創意寫作課程。

❑講到這裡就不得不思考一下：創意寫作課堂到底在進行哪些活動？

寫作課的功用在於帶領學生擺脫教室裡的業餘氛圍、接觸到專業的目標與態度，這些接觸可能來自老師、來自駐校作家、來自同窗，有時候也來自書本。寫作課存在的理由，就是教學生可以游刃有餘地處理各式各樣的文字。

佛洛斯特說過，大家必須曉得隱喻不能盡信，信得太多會把隱喻弄垮，並從中學到類比隱藏的危險。這林林總總最好都在「實驗室」裡學會，實驗室裡的東西也不用多，有紙、有筆、有字紙簍，這樣就夠了，這些都會在寫作課派上用場。

寫作課也會學習到接受批評，並從中吸取教訓。大家對你珍視的妙語置若罔聞，你做何反應？至少，你應該體認到：讀者各有不同，你筆下的妙語如珠，別人讀來平淡無奇；你眼中的眞知灼見，別人看來尋常普通。

我指導過的學生中，有些既不諳批評、也不懂得接受批評，老是鬧得臉紅脖子粗，人家一點怠慢就大驚小怪，別人說不得他，他也說不得別人，就算說了也是話中帶刺。如果放任不管，可能會要命；若要管，也弄得大家不自在。如果批評對你的影響這麼大，你很難寫出什麼「名堂」，因爲批評——無論是他人指教或自我批判——都是學習寫作的不二法門。

寫作課會針對特定文稿提出批評，文稿是某位學生的文稿，討論則是全班一同討論，老師只像溫和的蘇格拉底那樣稍加點撥——不用講課，而是讓學生討論，如果運氣好的話，學生可能會恍然大悟或討論出共識。

但這其實很困難。常常是老師點撥了兩個小時，看上去沒什麼，事實上卻像扛著鋼琴上樓梯。

有時候，縱使是才華橫溢的學生，也覺得寫作不過是三天打魚、兩天曬網，上起寫作課也是這樣。這些孩子血氣方剛、自以爲是，心思很多，而且愛玩，除非只修寫作課（這很罕見），否則其他科目的功課也很多。

因此，要一直有文稿可以討論很困難，如果修課學生不多，課程就窒礙難行。如果沒有文稿，乾脆就不要上課——這招通常會把學生羞得振筆直書，進而養成對於作家而言最重要的寫作習慣。雖然這也能自己摸索，但寫作課規定了（嚴格的）截稿日期，幫助學生養成良好的寫作習慣。

寫作課還上些什麼？有些學生忍不住表露心跡，老師可以悄悄遏止；有些學生忍不住自我曝露，老師也可以低調制止；此外，班上同學也可以讓這些學生學到教訓。如果你在大家面前說出肺腑之言，就得預料五臟六腑遭受踐踏，這是很好的教訓，教會學生不要輕易敞開心房，或是學一學佛洛斯特——假裝肺腑之言的肺腑，是別人的肺腑。

總的來說，好的寫作課就像在做出版，原本只是一張潦草的文稿，一拿到班上，立刻尊爵不凡、備受矚目。突然間，滿座的人都聽過這篇文章——你自己聽過，也聽自己朗讀過，眼耳並用，逐字逐句檢查文稿——

眼前的讀者雖然未必與你見解一致，但你必須用心傾聽。

光是朗讀和討論，就會讓文稿在學生眼中變得更嚴肅、更有價值，在座的同窗也許不多，但可能會是彼此這輩子最棒的讀者。

當然，出版會讓作者更嚴肅看待自己的稿件，所有作品都得出版才算成真——光是看到排版稿（而不是打字稿！）就能帶來真實感——這真的是由印刷師傅排印出來的，好神奇！我真的要出書了！就這麼一瞬間，作品的重要性就比原來的打字稿翻了三倍。

所有寫出「名堂」的作家都有過這樣的瞬間，但要等到這一刻必須蹲得夠久。在寫作課上朗讀作品則是退而求其次的做法，但效果更加直接，學生一學期可能要朗讀好幾次，而成熟和幼稚的分野就會越來越明顯。

這其中有兩件事情至關緊要。第一，認真對待每一篇作品。第二，帶著善意提出批評，讓作品朝著作者的初衷靠攏。這過程中難免會有摩擦，但磨刀就得用磨刀石，不能只用肥皂。

❑ 你說過寫作老師只要「弄一弄環境」，可以具體說明一下嗎？

一群（經常堅持己見的）才俊齊聚一堂，要弄個環境絕非易事，我常常把這比喻爲訓練血氣方剛的小馬。小馬的本能就是跑跑跑，而你把小馬關進馬廄、栓上繩子、繞著圈子跑，既不能硬扯，也不能讓小馬從你身上踩過去，得讓小馬慢慢學會控制——而這控制多半是從馬廄裡的其他馬匹身上學來的。

寫作課不免會帶來競爭，你看喔，大家都只顧自己成功，而文學的成功又很個人，導致在文壇出名變成極端個人的事。如果鼓吹競爭，甚至讓大家殺個你死我活，一旦出名就會引來嫉妒。

按理想來說，同學組合得宜、老師大智大慧，全班就會興起有爲者亦若是的雄心。只要選才選得好，班上同學的才華和機遇應該不會差太多，哪個人的小說登在《紐約客》上，或者哪個人小說受到熱烈歡迎，其他同學就會覺得別人行、我也行。

「也沒比我優秀多少啊！」同學會這樣想，大家才華不同，誰也不比誰強，只要我肯努力，成功指日可待。

正因爲如此，在定形定得好的寫作課上，我見過學生寫出此生最佳作品——甚至連自己是怎麼寫出來的都不知道，這其中的祕訣就是維持良性競爭，讓一位同學的成功激勵全班奮發向上，而非導致全班消沉沮喪。

❑ 關於文法、句法……創意寫作的老師怎麼看？

這裡涉及兩種教學。第一種教的是用語言來傳達意思，課程內容通常是糾正錯誤，常見的有「大一英文」，以及工程師、專業實習生的報告寫作課。

這種教學絕對必要，而且永遠教不完，其基礎就是文法和句法，說穿了就是語言的邏輯（儘管每種語言的邏輯都不同，但各種語言有自己一致的邏輯）。

創意寫作課程難免也會教文法、教句法，只要有意在專業領域和公眾場合使用母語，就應該熟悉文法和句法，這是我的基本原則。我花很多時間跟學生一起順文稿——像編輯一樣一字一句檢查，讓文句清晰、易讀，以免作者衣服沒紮好就上台——領帶還黏著蛋。

文法雖然沒什麼大不了，但確實可以傳授，而且也非雞毛蒜皮的小事——只是年輕作家一頭熱，而且嚮往無拘無束發揮創意，所以偶爾會忽略文法。

比起詩歌，文法和句法在小說中更爲重要，詩句和詩句之間可以大膽跳躍，但小說家如果消融文法、句法、邏輯，小說中試圖傳達的訊息也會有消融之虞。就算眞的管教不動、指導不來，只能放手任憑學生胡來，也要讓學生知道風險所在。如果學生告訴我：「別管理解，只憑感覺。」我至少會爲難一下學生、不讓學生打哈哈帶過，非得給我個說法不可。

所以，無論是出於無知還是渴求創新，只要文句不成文法，我認爲都該質疑，畢竟讀者讀的就是印在書頁上的符號，因此，這些符號必須傳達意義——每篇小說、每首詩歌都必須有意義。

作家對付的是複雜的符號系統，系統中的每個元素——小至表示停頓和語氣轉折的傳統符號——都歷經反覆考驗，爲的就是讓讀者透過冰冷的書頁聽見人聲，這套符號系統可以被挑戰——甚至被搞垮，但作家必須承擔挑戰的風險，並且在嘗試改變之前了解這一點，一門好的寫作課可以幫助作家了解哪些改變有效、哪些改變徒勞。

❑ 史泰納先生，最後一個問題：除了發展學生的寫作技巧，培養學生的文學意識、善感、悟性，創意寫作的老師能否激發或喚醒學生的才華——讓才華從無到有？

這一點老師可能辦不到，但集全班之力可能可以。不對，讓我修正一下。才華是教不來的，但透過閱讀、結交才子、進入重視並鼓勵秀出才華的環境，才華有可能喚醒，而一旦喚醒就能引導。但如果太固執則另當別論（而這別論也不少），碰到太剛愎自用的也只能任憑發揮、苦果自負。

我再三強調，教寫作要像蘇格拉底那樣教，不以教出某種風格的作家爲目的，也不以教出某位作家的複製品爲目的（更不是教出老師本人的複製品！），而是要讓孩子充分發展自己獨一無二的風格，但不是鼓勵孩子刁鑽古怪。

寫作是社會行爲——是知識和情感的交流，如果充分發揮，寫作是一種獲得肯定的行爲——是加入人類群體和人類文化的方式。因此，作家除了要曉得自己，更要了解社會。

畢竟，語言本身就是遺產，是人類共享的財富。語言雖然可以玩、可以折、可以勉強、可以鋪展，但我身爲作家和老師，絕不能把語言當做自己的資產，語言是大家的——是我們文化的核心，而文化是我的出身、我的抵抗、我的挑釁——到頭來則是我的服侍。

但是，才華永遠教不來。老師只能爲學生設定高遠的目標——或者說服學生自行設定高遠的目標——然後努力幫助學生實現目標。

在我看來，最適合引導才華的地方就是大學課堂。

寫作課上，學生最需要老師做什麼？

學生需要老師認真對待，也需要老師保障自己理直氣壯想寫就寫。學生也有權利獲得誠實的告知：自己的作品究竟有沒有火花？是煙火？星火？還是火花全無？老師要再三確認自己所言屬實，才去稱讚學生很優秀、很有前途。

閱讀是寫作準備的重要環節

我認識的作家大多無所不讀，他們為了好奇而讀，為了留心對手而讀，為了探索自身領域的樂趣而讀。除此之外，他們也讀考古學、讀傳記、讀歷史、讀物理、讀地理、讀生化實驗室的新發現，任何只要夠聰明、外行人也讀得懂的事物，都有助於作家了解自己生活、書寫的世界。

養成寫作紀律

寫作很悶，年輕作家必須召喚這種悶、尋求這種悶，把自己關起來盯著牆壁，在鍵盤前坐上四、五個鐘頭，每週就這樣坐上七天——不能只坐六天，也不能只坐五天，更不能只坐兩、三天，必須坐上七天。說到底，這是測試承諾的絕招。

好的寫作課

好的寫作課就像在做出版，原本只是一張潦草的文稿，一拿到班上，立刻尊爵不凡、備受矚目，突然間，滿座的人都聽過這篇文章。光是朗讀和討論，就會讓文稿在學生眼中變得更嚴肅、更有價值，在座的同窗也許不多，但可能會是彼此這輩子最棒的讀者。

第4堂

寫給年輕的作家

你在便條紙上問了我一些非常實際的問題，大部分我想都不用想就能回答：

不用，你現在還不需要經紀人（將來或許會需要）。

沒錯，你可以從作品中摘錄幾節出來投稿給雜誌，這不僅無害，而且還能爲你帶來讀者或賺到稿費，甚至賺到讀者又賺到稿費。

不行，不申請獎學金說不過去，古根漢獎學金、薩克斯頓獎學金——加上你不是簽約作家，任何出版社提供的獎學金都可以。

同理，你有資格投稿參加文學比賽，也有資格申請進駐文學村和藝術村，可申請的單位包括穎多社團法人、麥道爾藝術村、亨廷頓哈特福德基金會。即便只是短暫進駐，但總有個地方可以起居、寫作，減輕令你焦躁的不安——短則數週、長則數月。當然啦，我很樂意幫你寫推薦信，或是寫信給出版社也可以。如果我們剛好都在紐約，我願意帶你到幾間出版社引薦、引薦。

你捧著作品，迫切希望有所收穫

可是，回答了這麼多，總覺得還是沒說出你眞正想聽到的答案。我猜你寫信給我，主要是想尋求安慰：你的自信突然起了雞皮疙瘩、冒了滿手冷汗。你從書稿中抬起頭來張望，心裡一陣恐慌，多希望有人告訴你：你很棒，眼前的困難、掙扎、挫折，漸漸（或馬上——最好可以馬上）就會換來安穩、名聲、自信，告訴你向來死心踏地、奮發努力的你走在正確的道路上，有朝一日必定會成爲一號人物。如果我猜錯了，請原諒我擅自回應了你這番心底話，但我在你這個年紀時確實很心慌，即便到現在也一樣慌——似乎就這麼一直慌下去。

稱讚你很棒、遲早會出書，這並不困難。出版社大多既有文化底蘊又有頭腦，必定能看出你小說中的精采之處，少說也會有一家願意出版。老實說，我只能安慰到這裡。出書如果不能幫出版社或作者賺到錢，我很懷疑有誰會願意出。

這並不是說有價值的文學不暢銷、暢銷文學沒價值，這種說法很可笑。事實上，有價值的文學作品往往賣得很好，賣得很好的文學作品也往往很有價值，但這樣的作者必須得有親民的一面，比如很幽默、很濫情、很火爆、很聳人聽聞、很色、很驚世駭俗，而且要幽默得很藝術、濫情得很藝術，將大眾的關懷昇華爲美麗與意義。這其中的做法數也數不清，莎士比亞、弗朗索瓦·拉伯雷（法國文藝復興時代作家）、馬克·吐溫尚未用盡。

可是，你不幸就不幸在品味脫俗，品味脫俗就是你的長處，而這長處與大眾有別，甚至與讀者格格不入。你恬靜自持、富同情心，幽默卻不下流，感性卻不濫情，但結果竟然是陽春白雪、曲高和寡，這與你我希望的正好相反。

你的文筆勝過數百位文壇大家，你對筆下角色瞭若指掌，對角色的弦外之音如數家珍——而且還大費周章確保每位角色都有弦外之音。你不取巧、不撕心裂肺、不張揚，而讀者依然全神貫注，證明你的小說每字每句都寫在點上。許多作家只頭疼一次的地方，你則來來回回想了十幾遍。

儘管你能寫出完美精緻的作品，卻沒什麼人買單，同樣的套路用了十多年，終於驚覺大概不會有人賞識。

同樣的套路在演藝界可以混個五到十年，醫學或法律教育也可以花上八年、十年，但這些領域都有機會發大財，只要有天分，發跡是早晚的事，因此耕耘起來心情愉快。我猜你眼前大概也有些成名的夢幻泡影，畢竟每個出版季總會傳出捷報——誰誰誰又賺得口袋滿滿，而你在大學裡蹲了七年，又在這部初試啼聲的小說上琢磨了兩年半，應該有資格懷抱一絲希望吧？

身爲你的老師，我多少知道你接受了什麼教育，也曉得你下了多少工夫。文學教育未必能教出好讀者，更別提能教出好作家，而你卻成了好讀者、好作家，你就像一把鋒利的劍，隨時準備出鞘。

首先，你從未將寫作當成自我表現（或說是任性放縱）。打從一開始你就明白：**寫作要一字一句寫**，你花了上百個鐘頭鍛鍊文學品味，寫了又寫，寫了再寫，重寫又重寫，直到對文字掌握運用自如，宛如噘個嘴、捲個舌，就能用口哨吹出曲調。你在寫作上下的工夫，我一邊寫一邊欽佩。每年都有學生不願臣服於語言，開口閉口都是自己，不管英文應該怎麼講，自己想怎麼說就怎麼說。你不一樣。你承認英文很不好學，也承認要精通英文唯有學好英文，進而逼迫自己不再孤芳自賞（這是極少數作家才有的強項，有自戀缺點的作家不在少數）。你費勁掌握素材，沒有陷入浪漫的謬誤——以爲讓素材驅動寫作是美德。臣服於語言等於臣服於紀律，你學會抽離、學會超然，學會不讓主見攪渾故事。

這些是大學寫作課帶給你的。儘管寫作課可能帶來負面影響，但在你身上完全看不到，比方說，落入小圈子、硬是模仿某種風格、養成文人相輕的傲慢、一輩子依附在學院離不開學校。不知道有多少次，年輕的孩子在盛怒之下用文字中傷自己憎恨的父親，我想不疏遠這些孩子都不行。也不知道有多少次，我不得不故作冷淡，以免一日爲師、終生爲父（甚至爲母）。我讀過無數爲賦新詞強說愁的文章，字字句句散發著無可救藥的綁手綁腳。孩子常常用寫作來主張個性，但那往往還不是他們眞正的樣子，只是孩子渴望成爲的模樣。

你寫文章就不會這樣。你的作品有理智、有光明、有同情，沒有自戀、沒有自憐。你認清自己，而且你很優秀——不要懷疑！如果你爲此發愁也不怪你。至今你發表了兩篇短篇和一篇遊記，大約賺了五百美元。爲了上學、爲了寫作，你省吃儉用，身旁的人又都不看好，還得面對家人的不滿，可想而知，家人會說：「都三十歲了，還沒嫁人，沒個正經正當的工作，整天只會寫寫寫，曠廢時日，彷彿有大好光陰可以揮霍。就知道坐在冷清的房間裡敲鍵盤，敲得背越來越駝，時光一點一滴從指縫間溜走。」如今，你捧著作品，迫切希望有所收穫，例如：讀者好評、書評關注、各方鼓勵、足夠讓你以寫作維生的版稅收入。

這些雖然都是你應得的，但實際收穫可能非常少——甚至一無所獲。讀者好評當然會有，但通常也會有許多正負相抵的書評，有些實在太沒眼光，讓你心灰意冷；有些活潑的年輕人則魯莽無理，不是把你當三歲小孩教訓了五百個字，就是把寫評論的篇幅拿來寫紐黑文有多熱，還要忍受一邊通勤一邊看你的書。至於你的第一份版稅報告（如果估得樂觀一點），出版社辛辛苦苦預售了兩千七百本。六個月後，第二份版稅報告寄來，你的書被退回四百三十二本，前後加一加，版稅收入比八、九個月前領到的一千美元預付款還少一點點。

這些你都知道，因爲你從不自欺欺人，朋友也發生過同樣的事。學著接受吧！

知道前景黯淡，就得衡量取捨。如果要按照過去的方式——慢慢寫、仔細寫，中間還停下來思考和潤稿——你就必須尋求補助：獎學金、預付款、補助金、找個正職、找人結婚等。其他路子都太臨時，而且報酬微薄。在所有正職工作中，教學可能是首選，因爲到校時間彈性，還有三個月的暑假，而且你受過訓練，又有學位和教學經驗。不過，我不建議你當老師。第一，你太盡責，教書可能會耗盡你所有的時間和精力。再則，唯有全職寫作，你才能投身創作，像蒸餾一樣——一滴一滴慢慢滴，暑假的時間太零碎，擠不出足夠的文稿，因此，你要去申請獎學金和文學村，或許就這樣撐個一、兩年。

然後呢？誰知道。或許你書賣得很好，足以勉強過活；或許你找了個幫出遊的人顧貓的工作；或許你每工作三年休一年，頭一、兩年存點錢，第三年專心寫作；或許你找了伴、結了婚，婚後或許繼續寫作，也或許（一般來說）就此封筆。同理，或許有伴、有子萬事足，你失去了寫作的衝動；也或許成婚成家萬事足，你想等孩子大了再重新拾筆——你我都認識重拾創作的作家，也曉得重拾創作有重拾創作的挑戰。無論你選擇哪一條道路，我想你總會感到窘迫——手頭窘迫、時間窘迫、空間窘迫，但我想你應付得來，相信我，這些都不是今天才有的問題，你並不孤單。

撇除婚姻不論（婚姻是另一條職涯道路，並非解答），你可能會對自己說：這種生活太灰暗、太狹窄，實在忍不下去了，乾脆變個樣子、換個風格，讓作品更聳動、更火爆、更震撼、更濫情、更色、更多看點，博取廣大觀眾的注意。就算你心裡這麼想，我很懷疑你做不做得到，但我確定這麼做很不應該，誰有辦法全心全意寫這些違心之論呢？你的第一本小說字字珠玉，因爲你信念堅定、全心全意。學那些暢銷作家也不是不行，加上你有頭腦、有文筆，一定能成名。可是，別人用這套方法成名很合理，對你來說卻不適合，你會從此瞧不起自己、無法再尊重自己。

讀者是扶手椅上的人

你就像一支完整的掃帚。沒有掃柄、只有掃頭也不能用。就算有掃柄、有掃頭，掃帚也只能用來掃地。你表定——注定——要成爲嚴肅作家，嚴肅看待生活、將所見所得與小眾讀者分享。其他類型的作家也不是沒有（而且必須有），但你就是嚴肅作家。嚴肅很好，讀過你作品的或許不多，聽過你名字的或許很少，但這不是因爲美國人都不讀書，也不是因爲現代人都不讀書，更不是因爲頭腦不好的人都不讀書，而只是因爲讀者是普通人，嚴肅作家的對話對象並非廣大群眾，但若拉長時間來看，讀者群也很可觀。我勸你別對後人寄予厚望，你的品味脫俗，讀者都是深思極慮之輩。你時常問自己：世界上眞的有深思極慮的讀者嗎？你該繼續將文字扔進一片死寂裡，宛如瘋狂的老演員對著空蕩蕩的劇院彩排？

深思極慮的讀者確實存在。西方文化史大師雅克．巴森自信滿滿猜測，這樣的讀者在美國少說也有三萬人，但必須從歷史的長河去捕捉其身影，不能從單一出版季度去湊，而要找齊這些讀者，就像找齊全美所有紅鹿一樣希望渺茫。但每找到一位，你都會當成寶藏好好珍惜，這些讀者會聽你說話，不會別人怎麼說就要你跟著說，也不會要你跟隨潮流去學某個圈子或學派。劇院看似空空蕩蕩，但讀者就散坐在台下，安安靜靜聽你說話。你要感激他們，但無論多感激，切記不要逢迎討好。

一旦刻意討好，你就會好奇讀者想聽什麼，並懷疑自己講的讀者想不想聽。深思極慮的讀者有一項別人沒有的美德——**作家想說什麼，就說什麼**。你聽奧康納說過私人藝術和公共藝術的差異。小說屬於私人藝術（除非改編成舞台劇或廣播劇演出），作家要怎麼寫、怎麼想，都不干讀者的事，只管寫就是，用不著調查民意，也用不著在波士頓或費城試映，你要用心思考、盡力感覺，或是深入情境，或讓情境深入內心，從性情的深處織成一片經緯，進而讓想像力向外擴展、向前奔馳。

你寫作的初衷既是爲了滿足自我，也是因爲情境使然而不得不寫。確實，你是憑藉著一股衝動在創作，但這股衝動並非源自羨慕、嫉妒、怨恨、恐懼，而是源自情境。你寫作雖然是爲了滿足自我，但也隱隱約約曉得有讀者存在——讀者就像奧康納口中「**扶手椅上的人**」：呼應你的呼應，理解你的理解。最重要的是，讀者願意聽你說，在你的身外形成迴路，你是嘴巴，他是耳朵，除非你能找到這樣的知音，否則就白寫了。你的書就像在無人森林裡倒下的樹，是否發出聲響都只是假想，

不過，我再三強調——儘管你希望有讀者、朦朦朧朧想像著讀者，但請忽視讀者，不要去寫讀者會喜歡的東西，而要寫你自己喜歡的東西，等到出書了，至少會收到一封讀者來函，甚至二十封、三十封；幸運的話，隨著你的書越出越多，寫信給你的讀者也會越來越多。但對你來說，讀者始終不是一群觀眾，而是一位孤獨的閱讀者，默默借給你一隻耳朵。康拉

德說，與文學對話的是秉性。總有一天，你的書會找到靈犀相通的秉性。費那麼大的勁去找個心有靈犀的讀者幹麼？既沒見過、也沒聽過，搞不好只是自己一廂情願，世界上根本沒這種人。爲了出一本小說耗費十年歲月，卻發現整個社會根本不屑一顧，弄得作家連自己都養不活，花那麼多時間做什麼？如果你還是有這些疑惑，我絕對不怪你。

你的小說溫柔揭露了一段關係，解開了牢牢捆住一家人的纏纏繞繞，其中有愛的羈絆也有利害的糾結。在受人敬愛的祖父過世後，有人平靜無波，也有人微盪漣漪——嗯，這一幕幕可能在教堂發生，但不太可能在戲院搬演。小說總是在戲劇與哲學之間來回擺盪，你的小說重哲學而輕娛樂，將種種個性鋪排在情節中，讀起來很嚴肅，甚至很哀傷，文字裡的色彩和光線都沾染了秋意。難怪你那麼喜歡契訶夫，或許你一邊寫書、一邊想像契訶夫坐在扶手椅上，傾聽你訴說那看似簡單的故事——愛綿延變化，人生有理想、有勝利，心會熱也會冷，死亡清涼而沉靜——這樣的概述聽起來或許不怎麼樣，卻體現了你對自我和人生的信仰，並反映出你深愛之人的某些片段。在你的小說裡，痛苦掙扎與聽天由命互相制衡，筆下角色既活在書頁裡、也活在記憶中，因為被深深愛過，所以得以被豐富地想像。

你的小說是信念的演繹。在日常生活中，我們難得如此親密地接觸其他心靈與秉性，因此，你筆下的場景會帶來冰涼的震撼，起初有些尷尬，漸漸才承認過來——對，就是這樣，就是會這樣——這是我的心裡話。

我欣賞你的小說帶來的親密理解。追根究柢，堅定的歸屬感是所有人的追求。當天旋地也轉的時候，要怎麼打直腰桿、穩住自己？最好的辦法就是與傾聽我們、理解我們、完整我們的人心心相連。我在其他地方說過：美感經驗是夫妻之事，像極了愛情。我對此深信不疑。

倘若猛烈追求身分，最慘也慘不過找到身分——而且是唯一的身分。這世上逃避身分的人還不少，對身分深惡痛絕，而許多人唯一的表達方式就是肉體之愛——最簡單也最直接；有人則回歸自然，視自己為動物的兄弟、樹木的親戚，進而得到慰藉；有人則將自己奉獻給神的國度。這些做法雖然都有可取之處，但對你來說，我想大概都不夠。你追求的是人性的國度、是藝術，你將轉瞬即逝的經驗提煉成小故事，無所予、無所獲，一篇篇都像你剛完成的那篇一樣素淨、動人、洞中肯綮，讓脫俗的讀者有機會跟你一起——去痛、去愛、去看見人性的可能。

可是，這樣就夠了嗎？少了滿心的渴望，行得通嗎？

世界上真的有深思極慮的讀者

深思熟慮的讀者確實存在。西方文化史大師雅克．巴森自信滿滿猜測，這樣的讀者在美國少說也有三萬人，但必須從歷史的長河去捕捉其身影。

讀者是扶手椅上的人

讀者是奧康納口中「扶手椅上的人」：呼應你的呼應，理解你的理解，最重要的是，讀者願意聽你說，在你的身外形成迴路，你是嘴巴，他是耳朵，除非你能找到這樣的知音，否則就白寫了。你的書就像在無人森林裡倒下的樹，是否發出聲響都只是假想。

第5堂

再見了，髒話

當代小說家對性行爲描寫露骨，有些人儘管對此深感痛惜，卻未必反對性行爲，或是反對提及性行爲。他們期望小說更重視性愛，希望「高潮」能保留一些文學上的意義。同樣的，質疑當代語言自由的人未必都反對強烈的措辭，反而是因爲重視強烈的措辭，所以才反對強烈的措辭。

我承認我平時出口成髒，寫小說時也常帶髒字，還覺得這是在堅持藝術家的自由。曾經，我歡欣鼓舞，樂見娘炮到「靠！」的雅馴傳統消亡，也樂見用字誠實的嚴肅文學能誠實使用加強語氣、表露心跡的字詞。曾經，我跟D·H·勞倫斯一樣，希望自己有勇氣在淑女面前說吃屎，偶爾確實也如願以償。

過錯並不在於使用「髒」字

文字本身並不髒：爲事物命名是合理的語言行爲。如果「坦率」不等於「粗俗」，那「不當」就不等於「骯髒」。「粗俗」意指「庸俗」，

「不當」意指「彆扭」，只要視情況正確使用，文字就無所謂「不當」。可是，任何一種（至今仍因忌諱而顯眼的）文字散了滿書頁——彷彿巧克力餅乾上的巧克力豆——那就真的是用詞不當了。

這裡的過錯並不在於使用「髒」字，而是在於情緒字眼用錯了地方（或是用錯了數量），結果該強調的反而沒強調到，這是關乎善感的文學失誤（而非道德失誤），一如廣告商失手在高速公路上豎了太多霓虹燈招牌，害你想找酒吧找不到、想找酒鋪也找不著。凡事只要過了頭，很快就會流於搞笑。

如果我一天到晚在淑女面前說吃屎，那尖峰時段在時代廣場或海灣大橋遇上爆胎又該說什麼？碰上天地不公要說什麼？如果淑女牙一咬，決定也在我面前說吃屎，我又該做何反應？

為了說粗話的放肆

我教寫作教了許多年，早早就未雨綢繆。基於某種豪威爾斯對少女讀者的觀念，早年教到男女同班的班級時，我總想保護女同學遠離想展現男子氣概而說粗話的男同學。幾年前，弗蘭克·奧康納和我討論出一套做法。我們不打算限制學生的寫作主題或語言，也無意在朗讀或討論時加以刪改，但同時又得考慮到跟我們女兒同年紀的女學生，於是，我們決定：**只要措辭太強烈、朗讀起來太尷尬，則由作者自行朗讀**。

這不是嚇唬學生，而是給學生的請帖，而且不限於言語粗俗的男同學。爲了兩性的臨床觀察、爲了對自然功能的照單全收、爲了找出塗鴉的犯人、爲了（在淑女面前要有勇氣才能）說粗話的放肆，我每次都點一位大二女學生，她以一抵十，因爲她認爲脣紅齒白的嘴巴語出驚人是俏皮，所以語出驚人五十遍就是文學（何況她的文壇偶像大多也語驚四座，不讓鬚眉）。

正因爲有些事不能隨便做（就像有些話不能隨便說），所以家裡才要有臥室、有浴室。粗話和（所謂的）髒話是文學資源，也是表達強烈情感的語言方式，不該每十秒鐘就出現一次，就像高潮也不會那麼頻繁——但諾曼．梅勒的作品確實高潮屢屢、粗口不斷。

所以，我再也不會在淑女面前說吃屎，我想去尋找其他帶刺的文字，或許可以在雅馴的傳統裡找找看，儘管作家可以視情況自由選擇文字眞的很爽快，但我願意尋找潛伏在白持中的種種可能。

我想起我有個舅舅是農夫，打從學說話開始，舅舅就開口閉口都離不開髒話。有一天，舅舅離圓鋸離得太近，手指被切掉一半，我們都嚇傻了，舅舅卻靜靜站著，看著鮮紅的動脈血從受傷的手中汩汩湧出，接著，舅舅說話了，聲音不大，說的是：「吼，唉唷喂！」

比起大二女學生和某些小說家，我舅舅更能理解加強語氣究竟是怎麼回事。

過錯並不在於使用「髒」字

文字本身並不髒：為事物命名是合理的語言行為。如果「坦率」不等於「粗俗」，那「不當」就不等於「骯髒」。

關於寫作帶髒字

粗話和（所謂的）髒話是文學資源，也是表達強烈情感的語言方式，不該每十秒鐘就出現一次，就像高潮也不會那麼頻繁。

第6堂

作家的觀眾

出書就像有了發射器但沒有接收器，訊息廣播到了宇宙，卻不曉得傳進了誰的耳裡。作家署了名，裝進瓶裡，丟到海上，漂到意想不到的海岸，希望哪位筆友撿走；作家將羽毛筆扔進大峽谷，滿懷期待地站著，等待落地的迴響到來。

寫書是私人藝術而非公共藝術

這不是在抱怨大眾無情，而是承認寫書是私人藝術而非公共藝術。最近，一位住納帕的讀者寫信給我，略帶歉意解釋道：「這是我第一次寫信感謝作家，但我覺得作家必須保有某種程度的孤獨，同時與讀者保持距離，永遠無法確定讀者是否見其所見、解其所解。」

說得沒錯。相對來說，演說家立即就能曉得自己建立聯繫了沒有，觀眾就在眼前，演說家可以看眼神、看表情、看反應、聽笑聲、聽細語、聽喧嘩，就知道演說是好是壞，還是說了等於沒說。音樂家、演員、朗誦詩人也是如此，奏樂、演戲、誦詩都屬於公共藝術。即便是畫家、雕塑家，面對觀眾時也帶有表演的性質，平面藝術家通常在畫廊或畫室展示作品，可以親眼看到作品對觀者的影響，而在場聆聽自己作品演奏的作曲家也有相同的體驗。

然而，小說家、史學家難得親眼看見讀者的閱讀表情或反應。閱讀通常很私人，甚至很孤獨。儘管有些家庭仍有共讀的習慣，但小說家並不在場，會表演的小說家也不是沒有，例如：狄更斯、馬克·吐溫等小說家會上台朗讀自己的作品，但朗讀和閱讀是兩回事，朗讀等於越界回到最初的說書藝術，這是一種表演、一種公共藝術。

小說唯一的公開表演場所或許是寫作研習班，開設在史丹佛大學等學校。在研習班上，作家將作品朗讀出來給同學聽，並期待得到同學的迴響（否則就只能自己胡亂臆測），但這種情形既不自然又罕見，一旦修完課，作家就很難再得到這樣直接、明確、甚至有深度的反饋，往後餘生只能在大峽谷邊緣游走，將羽毛筆扔下去，然後留神聽。

小說家的觀眾並非群體，而是坐在扶手椅上的獨立個體，既然看不見臉孔，再怎麼想、再怎麼猜都沒個把握。如果真的能預測，出版社肯定會加大對作者的壓力——既然都能精確定義讀者了，自然會要求作者去迎合讀者的期待。不過，出版社實際上能做的只是籠統的分類：讀者一般根據閱讀的書籍內容來分階層。此外，女性讀者通常多於男性讀者。如果是遇上文學潮流、緊急事件、社會問題，各類讀者就會像帶電的離子聚攏到通了電的文學作品四周，比方說，關於美國甘迺迪總統和種族關係的書籍，在一九六〇年代便大受歡迎。

如果你的書不幸無關甘迺迪總統又無關種族，怎麼辦？其實，就算寫種族、寫甘迺迪總統，你還是不曉得讀者是誰，可能是老太太——搭飛機前往拉斯維加斯賭博，上機前順手將你的書裝進包包裡；可能是電影女演員——坐在梳妝台前準備進行角色甄選；可能是寫期末報告的學生；可能是遲遲不把早餐盤洗起來的家庭主婦；可能是紐黑文或南太平洋鐵路上的通勤族；可能是牧師——正在找尋當代道德淪喪的證據；可能是牧師太太——正在找尋感同身受的戰慄。除非有人很喜歡（或很討厭）你的書，喜歡（或討厭）到非寫信給你不可，否則你永遠不曉得讀者是誰。

作者與讀者之間的距離，讓書面文學獨特

我們來談一下書面文學的獨特之處。因為作者與讀者之間存在距離，所以書面文學與其他藝術形式（包括音樂）截然不同。

首先，書面文學以語言為工具，這種工具無疑是人類最巧妙的創造。套行為科學的用語來說，文學是「受限於語言」。換句話說，其讀者主要受限於語言的使用者，在識字率不高的社會，文學多多少少受到階級的限制；還有因為語言的地理分布，文學受到空間的限制，同時由於語言易逝，文學也受到時間的限制。一旦文明消亡，文學便會停滯並衰退；雖然翻譯能在地理上拓寬文學的範疇，並在時間上保存文學的流通，但是翻譯僅可以保留或仿製原作的影子，無法完全傳遞出原作的精髓。佛洛斯特

說：「詩是翻譯裡的遺失。」

與語言媒介相關的是書寫符號系統——這可能是所有藝術形式中最爲困難的符號系統（大概僅次於音樂符號）。與此相比，建築和視覺藝術不僅超越了時空，更是直觀即得。看一看古石器時代克魯麥農人的祭司在拉斯科洞窟繪製的公牛壁畫，儘管歷經兩萬五千年，卻彷彿昨日才畫上去，每看一眼都是無比震撼。這些壁畫比目前所知的語言或歷史文明更古老，無論身處在哪個時代，用語言重現這些公牛的力量和動作都非常困難，比起描繪公牛的肌肉、泰然的犄角、瘦削的腹脅，語言藝術更微妙、更間接，涉及一層又一層的替代，發音發成「bull」，書寫寫成「b-u-l-l」，聽到、看到時的反應也要有個共識，整套程式設計比壁畫複雜許多，效力卻不如壁畫持久。

再者，書面文學類似於造型藝術（但不同於表演藝術，表演藝術存在於時間，書面文學存在於空間），能承受無窮的檢視，可以回顧，可以重溫，可以糾正，可以導果與歸因。換言之，書面文學必須精雕細琢，口述文學就算有結構瑕疵也照樣代代流傳。

第三，書面文學的作者並未受惠於觀眾的熱切參與，作者與讀者並非在公共場合交流，而是關起門來打照面——正如前文所提，這根本算不上交流。書面文學不像戲劇，既沒有歌唱隊填補空檔、炒熱氣氛，也沒有重複（或其他有助於記憶）的段落來強調或催眠，台下觀眾拍手叫好可能會讓演說家或演員超水準演出，但作家就必須自己創造氛圍。公共藝術的觀眾往往如同暴民般一面倒，影響創作者走向極端。小說（等書籍）的讀者就算對作品再熱衷，作家可能也感受不到，即使感受到了也是間接的，並非讀者當下的感受。

作家都想知道自己的對話對象

可想而知，作家都想知道自己的對話對象，偶爾也會向特定的讀者群喊話。儘管美國存在惱人的刻板印象和標準化，但仍不啻爲高度多元的社會，由百餘種「特殊文化」構成，有些基於地緣，有些基於種族，有些基於教育、時尚或對外來文化的接觸，因此，垮掉派可能專爲垮掉派而寫，性革命者可能專爲性革命而寫，斯洛維尼亞裔的美國作家路易斯．阿達米克可能專爲南斯拉夫人而寫，史學家可能專爲南北戰爭迷或邊疆迷而寫，摩門教徒可能專爲摩門教徒而寫，猶太人可能專爲猶太人而寫，城市知識分子可能專爲城市知識分子而寫。但一般來說，這些讀者群遠遠不夠，有些是接觸不到，就算接觸到了也無從得知是否能觸及到其他讀者。

這裡舉個例子，說明作家可能根本搞錯了自己的讀者。不久前，芙蘭納莉．歐康納（美國小說家、評論家，南方文學代表作家之一）寫了一篇文章，解釋自己之所以下筆荒誕，是因爲讀者精神遲鈍，不刺激一下不行，爲求振聾發聵，所以扭曲人物和情節。但我認識的歐康納讀者，不僅沒半個精神遲鈍，說不定還跟歐康納一樣敏銳。這些人讀歐康納，並非因爲耳背所以需要調高音量，而是想聽大嗓門的人說話，藉此幫耳朵搔搔癢、讓腦袋醒一醒。由此看來，歐康納女士的寫作對象，跟自己預期的完全不一樣。

我對評論家的微詞

作家與讀者之間的調解者、詮釋者、選擇者、評論者，當然就是評論家和批評家。雖然健全的評論對於健全的創作至關重要，但評論家未必都盡責，我對評論家的微詞並非只是呼應小說家與評論家長年以來的筆戰，請讓我先稍加闡明立場。我同意契訶夫的觀點：小說家很少受惠於評論家，評論家只是妨礙耕耨的蒼蠅。在我看來，某些評論家完全符合海明威的描述──寄生於文學的蝨子。但評論家在文學生態中並非毫無功用，只要認眞履行職責，小說家就不會想請病蟲害防治專家來抓蝨子，但問題在於：評論家大多結夥行動，只有少數鼎鼎大名的高尙評論家除外，比如馬爾科姆．考利和艾德蒙．威爾森（美國作家、文學評論家和新聞記者）。撇除高尙的評論家不論，其餘評論家大多緊緊抓牢某些期刊，像傑伊．古爾德（靠肆無忌憚的掠奪而致富的巨頭，被稱爲「強盜大亨」）壟斷黃金市場那樣在評論市場上掌握主導地位。結果就是，論壇上每十年就會由某種風格和觀點主導——讚賞特定書籍、使用特定的詞彙，聰明的研究生有樣學樣，寫出取悅上頭的書評（像這種的寫作對象就非常明確）。但書評家應該好好評論新書才是。年輕評論家如果生活在一九六四年的紐約，坐在扶手椅上的人大概就是諾曼・波德霍雷茲（美國雜誌編輯、作家）、萊昂內爾・特里林（美國文學評論家、作家）、阿爾弗雷德・卡辛（美國文學評論家、作家），再早幾年可能是艾倫・泰特（美國詩人、文學評論家）或約翰・克勞・蘭塞姆（美國文學評論家、詩人、文學理論「新批評」派領軍人物）。

如果能有足夠多元的聲音來表達異議，那倒也無所謂。美國是多元的國家，理應擁有多元的文學與文學評論。可是，美國的文學評論完全由某種風尚和刻板印象所主導，即使（或者說因爲）當前評論家學識淵博、以世界文壇自居，但美國文壇只剩某種文學、某種道德、某種美學，或者說，只有某種文學獲得關注。這是雞生蛋、蛋生雞的問題。美國某些區域被噤聲，試圖發聲的作家要麼被打發、要麼被無視，許多讀者想從當代書籍中尋找自我，卻找不到同類，眼裡讀著好評不斷的佳作，心裡卻覺得陌生或隔閡——甚至病態，如果冒昧發表感想，便會被行家嗤之以鼻。

在此先劃清界線一下，我不是美國中西部本土派或南部重農派，我說這樣不是在抱怨紐約知識分子主導文壇，換做是一九二〇年代，埃德加·李·馬斯特斯（美國詩人、傳記作家、劇作家）、瓦切爾·林賽（美國詩人）可能會有類似的怨懟，唐納·戴維森（二十世紀下半葉美國最爲著名和活躍的哲學家之一）等南部重農派至今也依舊有這種怨懟。

不過，我談的不僅是文壇和論壇全在紐約的問題，也不僅是（有時無知、有時傲慢的）知識分子的問題。縱觀歷史，有時即便文壇在紐約，其他地區也能（像當前紐約一樣）霸占論壇，例如：一九一〇年代芝加哥發行的《詩歌》和《小評論》，對現代主義的影響力遠超過規模和銷量數倍以上的期刊；一九三〇年代的評論家也不往紐約跑，當時如日中天的期刊是《南方評論》《肯尼恩評論》《塞瓦尼評論》。無論流行的是中西部寫實主義、意象派起義、重農派鄉土主義、都會派知性主義，最重要的是保持門戶大開、容納各種風格、傾聽各種關心，讓實驗派也好、傳統派也好等各種文學表現形式都有發表管道，讓憋住的作者和灰心的讀者能有宣洩的管道。

這缺憾太大了，而且也一直是顯而易見的問題。首先，小說家要獲得評論已經相當難得，要獲得讚揚更加難得，只能譁眾取寵，有時只能耍要花招唬唬人。其次，文學評論期刊日益式微，《星期六文學評論》變成《星期六評論》，整整少了三分之二的書評篇幅。同時《紐約時報書評》越讀越難下嚥，全美各地怨聲載道。《紐約時報》發動罷工，《紐約書評》應運而生，許多人因此寄予厚望，但隨著時間過去，《紐約書評》漸漸掌握在一群人手中，越讀越像報紙版的《黨派評論》。就算《紐約書評》果眞不負眾望，但其策略向來是給少少幾本書大大的版面，許多新書根本擠不上榜。我們需要像《泰晤士報文學增刊》的刊物，爲多本新書提供簡潔而負責的書評，流通廣泛、影響深遠。

作家怎麼尋覓形式，就怎麼尋覓讀者

說了這麼多，我想說的就是：作家必須從自身文化出發，因爲作家擁有的只有文化。可是，作家不能只爲自己的文化發聲（除非恰好符合趨勢），而必須爲扶手椅上的讀者而寫。作家要意識到讀者，但不要嚴格定義讀者，到頭來，我猜作家會發現讀者其實與自己非常相似。換言之，作家寫作是爲了取悅自己、幫助讀者找到自己。

不過，作家是作家，讀者是讀者——也許是坐在扶手椅上的男士，也許是斜躺在長椅上的女士——所以又是另當別論。作家怎麼尋覓形式，就怎麼尋覓讀者。形式要透過不斷摸索、不斷失敗才能發現，讀者也是如此，發現讀者通常很開心。儘管評論媒體已經標準化，儘管美國某些地區、某些經驗、某些人民暫時噤聲，但小說只要言之有物，終究會發現讀者。我在其他地方說過：**文學並非寶石，文學是鏡頭，鏡頭可以用來觀察——觀察到的是作家身上的至寶**。作家和讀者的相遇，合該是私底下的私人交流。

寫書是私人藝術

小說家、史學家難得親眼看見讀者的閱讀表情或反應。閱讀通常很私人，甚至很孤獨。

對評論家的微詞

在我看來，某些評論家完全符合海明威的描述——寄生於文學的蝨子。但評論家在文學生態中並非毫無功用，只要認真履行職責，小說家就不會想請病蟲害防治專家來抓蝨子。

作家和讀者的相遇

儘管評論媒體已經標準化，儘管美國某些地區、某些經驗、某些人民暫時噤聲，但小說只要言之有物，終究會發現讀者。作家和讀者的相遇，合該是私底下的私人交流。

第7堂

談談技巧

大仲馬說過，要創作一部小說需要熱情和四面牆壁，而大仲馬沒說的是——你需要把人困住才能燃起熱情，也許是愛、是恨、是野心、是嚮往、是任何亟需解決的緊張局勢。新手作家很難找到這樣的情境，他可能只有情節、有角色、有地點、有氣氛、有縈繞不去的想法。

如果是寫長篇，新手作家可以花去好幾章去尋找情境（但伯納德．狄佛托生前建議寫長篇要拋開前五章，直接從第六章開始寫），但如果是寫短篇，作家一開頭就要切入情境。短篇比小說更小說，開篇就得跑起來——跑在高潮迭起的斜坡上，起跑點越接近終點越好。

提要和場景，寫起來不容易

任何情境都脫離不了緣起和後續——換句話說，情境有前因後果，故事線就像一條繩子，繩頭與繩尾交錯打結拉緊，中間扭出的結就是萌發的張力，作家必須交代一下過去，文學術語叫「**前情提要**」或「**鋪陳**」。也必須處理正在搬演的現在，也就是所謂的「**場景**」。提要和場景構成了小說，但寫起來卻不容易。

建立場景就是把角色推上舞台、演出自己的故事，敘事觀點或許並非中立——敘事者可能像《我們的小鎮》（美國文學史上知名作家桑頓．懷爾德所寫）裡的舞台經理各處流連，但場景的本質就是戲劇，一如喬治．科漢（美國演員、作曲家、歌手）的著名忠告：「不要用說的——演就對了。」場景必須面面俱到說服讀者，換言之，角色必須可信可靠始終如一。對話要貼近眞實，但又不能像眞實對話那麼乏味、愚昧、重複，而且劇情必須直線前進，不容連流或扯遠。還有場景本身必須靠內在邏輯支撐，並且從開頭貫穿到結尾。此外，場景要透過五感來實現，不容漏掉或遺忘，如果某個物件重要到非寫進場景裡不可，那這個物件就必須派上用場，就像契訶夫說的：「如果開頭把槍掛在牆上，結尾之前就必須開槍。如果場景中有壁爐，角色要麼圍在爐邊取暖、要麼得倚著壁爐架，壁爐必須融入整齣戲，讓演員演得幾可亂眞。」

一些經驗法則

要掌握這樣的技巧，傳統課堂練習的描摹段落、刻畫場景、塑造角色等方法，遠遠不夠。這些元素相互交織，作家一次得顧好幾件事情，同一段落可能既有劇情也有對話，並透過對話的內容、方式、語氣來塑造角色，以及藉由角色所感來增添場景細節，或是透過回憶、對話、旁白來拾起過去的重要片段。翻開小說的任何一頁，都可見描摹、敘事、劇情、鋪陳糾纏在一起，彷彿嫌這樣還不夠複雜似地，現代小說甚至連前情提要都塞進場景裡。

但這也情有可原。前情提要本來就呆呆的，該發生的都發生了，缺乏臨場感給人的刺激，如果寫不好，前情提要就會充滿笨重的過去完成式，這裡堵一塊、那裡堵一塊，讀沒幾句就又要回到過去，一看就知道作者在鋪陳。寫得好的前情提要能創造懸疑；懸疑來自隱藏重要資訊，來自對讀者心中的疑惑避而不答。作家記得不要多嘴解釋，就算解釋也得拐彎抹角，而且切忌長篇大論，唯有如此，故事才不會被前情提要卡住。前情提要就像醜女長著三隻左腳，雖然不會跳舞，但擅長烹飪和家務，如果幫她戴上面具，讓她從側門進來，好好善待，她就會隱祕而低調。

以下整理一些經驗法則（有些可能會重複）：

1. 攔腰法敘事，一開頭就讓故事動起來。
2. 別讓前情提要打斷敘事，利用易卜生所謂的「揭示」技巧，讓前情提要一點一滴滲入場景。
3. 別解釋太多，害讀者不用動腦、不用想像，這樣讀者會不高興。如果什麼都解釋得一清二楚，故事就毫無懸疑。
4. 選好敘事觀點並堅持到最後（尤其是短篇小說），在你的故事裡，最沒權利多嘴的就是你，所以能不插手就別插手。
5. 別炫耀自我風格，因爲小說裡的一字一句不是要符合作者，而是要符合角色和場景。這條原則也適用於粗話和髒話，請依照角色和場景的需求來使用，如果用錯地方，就顯露作者在搶戲了。

6. 寫對話時，努力找別的字來代替「說」毫無助益，只會破壞看戲的幻覺，「說」平平淡淡的，毫不起眼，換成別的華麗字眼可就惹眼了。

7. 收尾和說晚安一樣困難，切忌不乾不脆、說了又說，試著學會簡潔俐落。

場景的本質

建立場景就是把角色推上舞台、演出自己的故事，敘事觀點或許並非中立，但場景的本質就是戲劇，一如喬治．科漢的著名忠告：「不要用說的——演就對了。」

寫得好的前情提要

寫得好的前情提要能創造懸疑；懸疑來自隱藏重要資訊，來自對讀者心中的疑惑避而不答。作家記得不要多嘴解釋，就算解釋也得拐彎抹角，而且切忌長篇大論，唯有如此，故事才不會被前情提要卡住。

第 8 堂

以《進城》為鑑

今晚我想朗讀一則故事，聊一聊這則故事，順便來討論小說的本質和效力。

小說向來不乏人詆毀。新英格蘭清教徒認爲小說是危險的謊言，這種觀點至今依然存在，有些小說至今依然滿紙謊言。「實際」的美國人（男）往往認爲小說是無傷大雅的裝飾，適合仕女俱樂部當消遣，是生活的點綴而非骨架。有些小說的確是消閒的娛樂，作家之所以寫，讀者之所以讀，並非爲了直視人生、反思人生，而是爲了逃避人生、遁入書頁。比起朝九晚五的現實，書中的世界是男性高貴性感，女性面容姣好，又是冒險、又是強姦、又是謀殺、又是輪姦、又是屠殺、又是太空之旅，以奇情幻想爲原本單調的日子增色。

有一群批評家，出身耶魯大學及其附庸，號稱「解構主義大師」，自詡在小說和文壇之上。眞是笑話。解構主義和它所謂的大師才是向壁虛構的「小說」，是文化塑造的神話錦磚，是過去的文本和刻板價值的碎片，是客套的廢話連篇，是過往錯覺的殘響，是回聲的回聲的回聲。這些批評家樂在展現文學是使用哪些低級的伎倆、陳腔濫調，這無異於自毀解構主義存在的理由，過不多時，他們就像蛇吞尾巴一樣自我吞噬，跟過去怪異的學院亂象一起消失。經歷了這一波，文壇或許會像出過痲疹，從此終身免疫。

活得嚴肅，下筆就嚴肅

我想說的是：**無論寫小說還是讀小說，只要活得嚴肅，下筆就嚴肅；活得輕浮，下筆就輕浮**。小說的用處是檢視人生，如果我們從不檢視人生，小說也帶不來多少收穫。人生是小說的素材，小說充滿陳腔濫調也是理所當然，這其中必定有回聲，就像人生有回聲，而且是來自遠古的回聲。人類意識之類的事物已經存在世上數百萬年，若非如此，羅伯特・布萊（美國詩人、作家）爲什麼要捶胸擊鼓？

因爲我活得嚴肅，不論喜歡與否，一律認眞對待。因此，我相信小說的價值，相信小說不僅實用，而且重要。作家的生活往往一團混亂，寫作可以打掃混濁凌亂的心靈，像螺清理魚缸那樣，幸運的話，還會留下提煉過的殘餘，那是打造成型、傳遞智慧的工藝品，就連解構主義者（只要願意）也能從中受益。

我要朗讀的故事是《進城》，是一部舊作，一九四〇年六月刊於《大西洋月刊》，後來收錄進小說《大冰糖山》，風格並不現代。我之所以選擇這部短篇，不是因爲內容以嶄新視角看待世界，也不是形式上翻新了短篇小說的結構，更不是因爲我自認《進城》是我寫過最好的作品，而是因爲《進城》簡潔、直接、明白。我知道哪些經驗成就了《進城》，知道《進城》背後的故事，知道寫《進城》的原因，知道《進城》帶來的收穫。不論今晚朗讀的是《進城》還是其他小說，都能用來證明我的信念——虛構故事是心和腦的重要功能，現實唯有寫成小說才算成眞。

進城

一連下了好幾夜的雨，後院的地上濕濕軟軟的，男孩打著赤腳站在雜亂的前院邊上，日出從遠方平展過來，男孩垂下眼，看著地上讓雨水洗過的地面，光滑無痕，他感受著腳趾下涼爽又結實的泥巴。他試探地抬起右腳，接著重踏在沒踩過的地方，然後抬起來，看看那鮮明的腳印：外側直線，內側曲線，上頭五個圓點是腳趾頭。空氣眞新鮮，他嗅了嗅，像在聞肉桂的香。

他抬頭仰望，防火柵外的草原比旱季時又深綠了一點，帶著綠褐色的健康光澤，感覺小巧些、親密些，不像熱浪匍匐過烤焦的草原時，地平線被推到遙不可及的遠方。男孩站在前院，腳印清晰，感覺自己矗立在橫臥的土地上，草原彷彿小了，自己彷彿高了，稍稍縱躍，頭頂就會撞到天空，抬腳走幾步，就會走到地平線的盡頭。

男孩看向南方，天空低垂，晴朗無雲，光線強到看不出顏色，棕色的地平線上方，淡淡的，隱約如淡藍紙張上的浮水印，是山巒飄忽不定的痕跡，依稀與遙遠，但今天還是頭一次看得這麼清楚。他的思緒曾在那鬼魅似的層峰之間遊蕩，失落了數不清的時間，今天只要抬腳走幾步就能收服。在那層巒疊嶂撒下的影子裡，就在他和媽媽戲稱「月亮山」的熊掌山下，是奇努克。奇努克的美國獨立紀念日，有樂隊、有檸檬水攤、有人潮、有遊行、有球賽、有煙火，他滿心期待著，期待了整整三個禮拜。

他的小牧羊犬趴在一旁看著，肚子貼著濕涼的土地。男孩一陣高興，彎腰撥弄小牧羊犬的耳朵，然後像印地安人跳戰舞似地彎腰旋轉，小牧羊犬咧著嘴跟著轉圈。爸爸穿著內衣走到門口，打著哈欠，摸一摸後腦勺、撥一撥頭髮，用惺忪的眼睛看看外頭的天氣。

男孩看了看爸爸，他原本還擔心昨天的雨，現在的聲音聽起來是鬆了一口氣。

「清清亮亮，」他說。

爸爸又打了個哈欠，左右動一動下巴，揉了揉眼睛，嘟囔了幾句，站在門階上很享受地自己撓癢著，然後低頭看了看男孩和小牧羊犬。

「會很熱喔，」他詭祕地說：「可能會熱到無法開車。」

「噢，爸！」

「大熱天還坐車，會融成潤滑油吧。」

男孩滿眼狐疑，察覺到爸爸詭祕的笑容拉下的嘴角。「噢，一定要去！」

爸爸哈哈大笑，男孩忽然跑起來，像短跑選手一樣衝出去，與小牧羊犬一起繞著屋子跑了一圈，跑回爸爸身邊，接著連同聲音消失在屋子的轉角：「去餵母雞。」男孩說。爸爸望著男孩的背影，撓了撓癢，突然笑了起來，走回屋裡。

做家務，吃早餐，大玩特玩的夢想在眼底流連，但男孩依然敏捷手腳，甚至不用人家叫，自己擦了兩次澡，梳理了頭髮，找出乾淨的衣服，拿濕布擦掉鞋子的泥巴，穿上。見媽媽用鞋盒裝著午餐，便在她的肘邊幫忙，幫完又飛快跑去把東西裝上福特敞篷老爺車，拿塊布擦亮黃銅散熱器，跳來跳去到處忙，有那麼一、兩次，男孩抬頭看見爸媽望著自己，或是彼此相視而笑，眼底默默要對方瞧瞧男孩。

「像隻賽馬。」爸爸說。男孩覺得很呆，大搖大擺走掉，撇嘴斜睨著說：「噢！」但要不了多久，男孩又開始催促爸媽。應該要出發了，還得開八十公里的路程。爸媽仍在準備，男孩已經站在被清刷乾淨的福特車旁，心情非常興奮，不知不覺就蹦蹦跳跳了起來。

八點鐘，爸爸走出家門，掀起前座，拿了一根扁棍插進油箱，再拔出來，扁棍滴滴答答。「油箱還算滿。」爸爸說：「要開到山那邊，最好再帶一罐。去把那個有油嘴的五·五公升罐子裝滿。」

男孩跑到車棚，然後找出罐子。在農舍北邊的支架上有個兩百二十七公升的大桶，男孩從大桶的龍頭把罐子裝滿油。走回車上時，他伸直左手，罐子一路撞著他的大腿。媽媽坐進後座，身邊四散著包裹和水袋。

媽媽說：「天啊！第一次第一個上車，上次這麼早上車都不知道是什麼時候，我還以爲昨天晚上都弄好了。」

「時間還很多。」爸爸低頭看著男孩，咧嘴笑著說：「好了，賽馬，要去湊熱鬧就趕快跳上車。」

男孩像松鼠似地爬上前座，爸爸在車子前面走來走去。他說：「好，你現在看來眞是精神充沛，等等車子發動，切換到磁力發電，把點火桿往下撥。」

男孩沒有說話，和爸爸一樣對車子充滿敬意，可能還帶著一絲敬畏。這輛車很少開，每次發動都像消防演習。爸爸扭開四角黃銅塞，低頭看了看散熱器，接著將黃銅塞旋回去，彎腰握住曲柄，「看好了，」爸爸說。

男孩感覺汽車的彈簧一陣起伏，爸爸正在轉動曲柄，引擎深處傳來嘶嘶輕響，阻風門線拉出來了，鼻孔裡是一陣濃濃的汽油味，爸爸那張黝黑、緊張的臉，從散熱器前抬起來，說：「發動了嗎？」

「對。供電了。」

「可能是進水了。讓車子休息一下。」

大夥等著——幾分鐘後，彈簧一陣起伏，藍色襯衫和一顆腦袋在散熱器前時隱時現，阻風門線咻咻嘆氣，飄出一陣更濃的汽油味。引擎連咳也沒咳一下。

兩個聲音同時從車內傳出。「怎麼了？」

爸爸眉頭深鎖、表情凝重，挺起腰桿，大口喘氣。「好樣的。」爸爸說著走向男孩，拉了拉開關，確定沒卡住，接著調整一下點火桿和氣塞桿，微細的汗珠讓爸爸的臉在陽光下像上油的皮革一樣閃亮。

「這車沒毛病吧？」媽媽說，聲音聽起來沒什麼把握，甚至有點害怕。

「我看不出來能有什麼毛病。」爸爸說：「以前都是一發就動，開過來的時候也很順利。」

男孩看著媽媽，她端坐在雜物堆裡，打扮得漂漂亮亮，一身花洋裝，戴著以漆紅櫻桃裝飾的帽子，用髮夾固定在紅髮上。她全身僵硬，神情緊張。「你要怎麼辦？」媽媽說。

「不曉得。來檢查引擎吧。」

「嗯，你檢查吧，我下車找地方納涼。」媽媽一邊說一邊打開車門，推開雜物走下車。

男孩覺得媽媽下車就是投降了，這是背叛啊。他們再不快一點，就要錯過遊行了。男孩急忙俐落地跳下車。他說：「哇哩咧！手腳快一點。不發動不行。」

「別急！」爸爸咕噥著，掀起引擎蓋，低下頭檢查引擎，弄一下電線，喬一下火星塞的接頭，扳一下阻風門，引擎蓋的鉸鏈一鬆，砸到手腕上，爸爸大聲咒罵，把引擎蓋推上去，說：「拿鉗子來。」

這裡戳戳，那裡弄弄，十分鐘過去了。爸爸說：「大概是火星塞的問題，看起來沒點著。」

媽媽坐在箱子上納涼，緊張地順了順碎花薄紗洋裝。「還要很久嗎？」

「大概半小時。」

「偏偏選在今天，昨天晚上怎麼不先搞定呢？」媽媽說：

爸爸鼻孔噴氣，再度低頭檢查引擎，他說：「不要亂怪別人，昨天下了一整個晚上的雨。」

火星塞一個接著一個拔出來，爸爸瞇起眼睛看了看，拿刀片刮了刮，用薄薄的硬幣測一測間隙。男孩一會兒抬起左腳，一會兒抬起右腳，時間像抓不住的銀幣從指尖溜走。男孩盯著太陽，估算還剩多少時間，如果立刻發動，或許還能趕上遊行，但真的很趕，或許乾脆開到路上一起遊行算了……

「好了沒？」男孩說。

「快了。」

男孩晃到媽媽身邊，媽媽伸手環住男孩的肩膀，匆匆摟了一下。「不管怎樣，我們還是能看到樂隊表演、棒球比賽、煙火秀。」男孩說：「就算中午才出發也來得及。」

「對呀。」媽媽說：「爸爸馬上就發動了，一定能趕上。」

「媽媽，妳看過煙火秀嗎？」

「看過一次。」

「好玩嗎？」

「超讚的。」媽媽說：「像上百萬顆五顏六色的星星在空中綻放。」

雙腳送男孩回到爸爸身邊，爸爸直起身，充滿鬥志地哼了一聲，然後說：「好啦！這傢伙要是再發不動……」

彈簧再次起伏，引擎哼哼唧唧，阻風門嘶嘶作響，爸爸彷彿想讓引擎猝不及防，突然半圈、半圈快速下壓曲柄，接著又執拗地一圈一圈費勁轉動。他的藍色襯衫背面被汗水染濕，緊緊貼著後背，清楚可見底下的背肌順著脊椎凹凸起伏。爸爸一次又一次發動，先是不屈不撓地喘著大氣，接著越發動越生氣，最後踉蹌後退，氣喘吁吁。

「該死！」爸爸說：「你說說看，這是搞什麼鬼？」

「車子連噗一聲都沒有。」男孩說著，抬頭望見爸爸滿臉氣惱，冰冷的恐懼襲上心頭，要是發不動怎麼辦？要是哪兒都去不了怎麼辦？明明都準備好了，卻不得不掉頭，把東西卸下來，車子都還沒開出院子呢！媽媽走過來，全家站在一起，迴避彼此的視線，目光緊盯著那輛福特老爺車。

「或許昨晚受潮了？」媽媽說。

「那也該乾了。」爸爸說。

「不能試試其他辦法嗎？」

「可以試試升起後輪，但實在沒必要。」

媽媽輕快地說：「如果覺得有必要就有必要，都計畫了三個星期，不能就這樣卡在這裡，對吧，兒子？」

男孩一雙眼睛盯著爸爸，想也不想就說：「沒錯。」

爸爸張開嘴，本來想說話，看見男孩愁容滿面，就又把嘴巴閉了回去，什麼話也沒說，默默從前座拿出千斤頂。

太陽慢慢升高，他們小心翼翼頂起後輪、卡住車子，以防發動輾到旁人。男孩在一旁幫忙，一切就緒後，男孩坐進前座，滿懷希望和恐懼，全神貫注、全身繃緊，爸爸彎下腰，臉頰貼著散熱器（像擠奶工貼著牛肚子），沉下肩，往上頂。沒反應。再往上頂。沒反應。接著一來勁，一連頂了幾次，背後濕漉漉的襯衫起起伏伏，引擎內部只有阻風門線徒勞的嗖嗖，半是聽見、半是感到機軸轉動的空洞，每頂一下，前輪就抬離地面，福特車順著彈簧彈了幾下，靜止，父親倚著散熱器，上氣不接下氣，滿身是汗，咒罵著：「好樣的，爛死，衰死，倒霉死……」

男孩眼色一沉，看看爸爸滿頭大汗、臉色鐵青，再看看媽媽——憂心忡忡。小牧羊犬趴下來乘涼，一顆頭枕在前掌上。

男孩說：「哇哩咧，哇哩咧！」他抬頭看天空，早上已經過去一半了。

爸爸氣到肩頭發顫，曲柄往前院一丟，往屋裡走了一、兩步，「該死的鬼東西！」

「哈利！不能回去！」

爸爸停下腳步，怒視媽媽，側眼看了看男孩，露出牙齒，躊躇不定，飆了一串無聲的咒罵。「老天，它根本發不動！」

「要是用馬拉呢？」媽媽說。

爸爸笑聲短促，他說：「了不起！用馬拉就用馬拉吧，乾脆把這該死的破船一路拉到奇努克去？」

「但不發動不行啊！讓馬拉著轉一圈又怎麼了？你不是有時候也會推著車上坡，推著推著就發動了？」

爸爸又看了男孩一眼，猛一揮手，移開目光，彷彿覺得男孩也要負點責任一樣。男孩盯著爸爸，垂頭喪氣，一臉消沉，彷彿隨時都會哭出來，爸爸勉強把頭一甩，眨了眨眼睛，抹了抹頭臉和脖子，露出笑容。「你想去，對吧？」

男孩點了點頭。「好吧！」爸爸的聲音厲而脆：「快去牧場把馬牽來，快！」

男孩抬起腿，大步大步跑向山谷，岸邊是牧草茂盛的低地。大約落在西邊四百多公尺的地方，棗紅的馬背清晰可見，還有一團黑點是小馬。男孩平時總是小心翼翼跑過這片牧場，以防踩到仙人掌，但此刻男孩如風飛馳，腳下有鞋，不用怕，但就算沒穿鞋，男孩也會跑起來，跑過焦灼的土地，一路上都是地鼠洞，有時腳下踩空，險些摔倒。跑跑跑，掠過仙人掌，越過美洲獾的洞穴，衝向山谷，再跑上另一邊坡路，跑跑跑，彷彿後頭有熊在追趕。黑色小馬看見男孩，立刻豎起尾巴，拔腿在草原上奔馳，另外兩匹棗紅馬只是抬頭張望，男孩放慢腳步走向棗紅馬，輕輕按著母馬的頸背解開套索，母馬站著，男孩半爬半扭，終於蹬上馬背，三匹馬同時出發，母馬大步流星，闊馬小步隨後，小馬不再賣弄奔騰，搖搖晃晃跟在母馬身後，彷彿有失面子。

三馬一人停在福特車前，男孩滑下馬背，將套索扔給父親。「我去取挽具？」男孩說著，不等爸媽回答，扭身就跑開了，回來時拖著沉重的挽具，挽繩在濕滑的地面上拖出了幾條小溝。男孩扔下挽具，轉身又跑，氣喘吁吁，他說：「我再去取另一副。」

爸爸爆出一陣不可置信的笑聲，搖頭望著媽媽，將挽具甩到母馬的背上，另一副挽具來了，再安到閹馬背上，用力用肩頭抵著閹馬讓挽具套好。閹馬抗拒，揚起前蹄，惹來一聲咒罵，鼻子吃了一記韁繩，閹馬踉蹌後退，渾身顫抖，蹄子在地上踢蹬，一隻鐵蹄狠狠地踩在主人的腳背上，爸爸忙了一早上，又熱、又累、又氣，結果還是白忙，對著馬肚子就是一陣猛踹。

「回去，該死的大笨牛！後退！後退，混帳！停！停下來！」

爸爸用粗繩當拖繩，將三匹驚慌的馬綁在車軸上，然後一語不發地彎下腰，把男孩抱到母馬的背上。「好了，」爸爸說，臉上終於露出一絲輕鬆的微笑：「就發動吧！繞著圈子騎，不要騎太快。」

爸爸爬進前座，切換到磁力發電，調一調點火桿和氣塞桿，他說：「發動！」

男孩輕踢馬肚，扭頭看見福特車顛簸前行，像個大塊頭賣力抬腳似地轟隆隆運轉起來，在凹凸不平的地面上跌跌撞撞、震盪搖晃，爸爸放掉手煞車換擋，福特車咆哮起來。拉力越來越大，三匹馬慢了下來，拉平馬軛，大搖大擺繞起圈子，一邊繞一邊互閃互撞，母馬猛然立起，男孩閉上眼睛抓緊挽具，母馬前蹄落地，馬腿被拖繩纏住，爸爸一邊下車來處理一邊罵，怒氣上湧，大罵男孩：「把三匹馬分開。別讓牠們互舔。把迪克踹到一旁去。」

再次上場，三匹馬拉平馬軛，男孩腿下的挽繩扯得死緊，這次一切順利，福特車奔馳起來，磕磕碰碰追著三匹馬，母馬露出驚恐的眼白，忽然跑起來，後頭拖著公馬，男孩緊緊抓住打了結的短韁繩，豎耳傾聽福特車在後頭轟隆隆發動起來，小牧羊犬跟著三匹馬一起跑，汪汪汪，尖著嗓子吠叫，叫聲又傻又單調，聽得出來欣喜若狂。

他們從屋子繞到雞舍，在後院整整繞了三圈。「發不動嗎？」男孩喊道。他看見父親在方向盤後坐得挺直，聽見一連串咒罵，看見爸爸低下頭，從撬開的車底板瞪著引擎神祕的內部，一隻手開車，一隻手在腳下摸索，只有一隻炯炯的眼睛露在引擎蓋上方。

「好了嗎？」男孩喊叫，因爲興奮，因爲絕望，聲音聽著有些哽咽。

爸爸瘋狂揮動手臂，示意男孩繼續騎。「繼續，繼續！騎快點兒！把這車拖爛吧。快騎，快騎！」

那就奔馳吧——馬蹄亂踢、揚起泥巴、馬眼露白、繞圈亂轉，在泥地上踏出一條路來，福特車在後頭以低速跟著，轟轟轟，顛簸犁地，小牧羊犬狂吠不止，小馬不時嚇得亂竄，每次繞到那四分之一圈，男孩總能看見媽媽捂著嘴、閉著眼。轉頭看一看福特車，爸爸壓抑著怒氣，吼著要男孩繼續，臉色紫漲，緊緊抿著嘴唇。

最後，馬停了，車也停了，三匹馬精疲力竭，男孩臉色慘白，淚水盈眶，一動也不動，爸爸怒氣未消，看著很危險。男孩下了馬，咬緊嘴唇，儘管隨時都會潰堤，卻忍住不讓眼淚掉下來——眼角噙淚，憋住痛苦。爸爸爬下車，站著，彷彿想徒手撕爛整台車。

垂著肩膀，強忍住眼眶打轉的淚水，咬緊牙根，想哭又不敢哭出來，男孩朝媽媽走去，走近爸爸身邊時，抬頭看了看，父子四目相接，爸爸面無表情，怒氣無處發洩，晦暗的絕望將男孩吞噬，心想：什麼都沒了。沒有遊行，沒有球賽，沒有樂隊，沒有煙火——什麼也沒有。沒有檸檬水，沒有冰淇淋，沒有紙吹笛，沒能放鞭炮，沒能就近看山巒——每到夏天，山巒像傳說一般呼喚著男孩。沒有旅行，沒有冒險——什麼都沒有，都沒有。

男孩五味雜陳的心情都在那一眼裡，一時沒忍住，嘴唇顫抖起來，趕緊哽住嗚咽，一雙眼睛直盯著爸爸。爸爸皺著眉頭，瞇起雙眼。

「好啦！不許哭！」爸爸吼著男孩：「少站在那裡盯著我看，又不是我不讓你去野餐！」

「我忍不住……」男孩說著，突然一陣恐懼，悲從中來，男孩沉浸在哀傷裡，放聲痛哭起來，淚水模糊了視線，男孩看見爸爸繃起臉，忍了整個早上的怒火都化爲反掌揮來，男孩險些跌倒。

他嚎啕大哭，好痛，好氣，好震驚，好絕望，他跑到媽媽那裡，把臉埋進她的裙子裡尋求庇護，隱隱約約聽見媽媽生氣的聲音。「不用。」媽媽說：「現在才哄他來不及了，你走開，讓他靜一靜。」

媽媽摟著他搖啊搖，但對爸爸說話的聲音還是很生氣。「是嫌他還不夠難過嗎？」媽媽說。

男孩聽見沉重的腳步聲快速遠去，自己在碎花薄紗裡哭了好一會兒，等到哭夠了，才無動於衷地聽著媽媽柔聲安慰，說之後一有機會就去，去月亮山，找個瀑布野餐，說不定鎮上剛好比棒球賽，可能找個禮拜六吧——男孩一邊聽一邊靜下來，雖然很想相信，但終究騙不了自己。進了屋，脫掉鞋子，換下漂亮衣服，穿回老舊的工作褲。

接近中午時分，男孩從屋裡出來，站在前院，面向南邊，看著那片不可思議的土地，月亮山矗立在草原上，小鎮依偎在山腳下。午餐時分，鎮民正在野餐，喝著汽水，準備到棒球場看傳奇英雄穿制服比賽，樂隊的樂聲迴盪在彩旗飄揚的舞台上，孩子丟著甩炮，在陰涼的樹林裡玩耍……

在死寂的暑氣裡，男孩的臉上爬滿了頹喪與哀傷，目光翻遍地平線，希望找到那洩露蹤跡的浮水印，但什麼也沒找到，只有熱浪如隱形的火焰匍匐前進，地平線歪歪扭扭、模模糊糊，天空與大地交會在一片朦朧裡。早上只要抬腳走幾步就會走到的地方，消失得無影無蹤了。

低下頭，男孩看見腳邊是早晨留下的清晰腳印，沒來由的，他抬起右腳踩下去，泥土已經乾了，但凹地上還是可以踩出腳印，他小心翼翼——彷彿在辦什麼人生大事——繞著圈走，踩一步、往前傾，踩一步、往前傾，直到踩出一圈直徑約兩公尺的腳印圈，每個腳印都清清楚楚：外側直線，內側曲線，上頭五個圓點是腳趾頭。

他無意識地將右腳放下，用力踩在地上。泥土已經開始乾燥，但在凹下的地方，他找到了一處可以留下足跡的地方。他小心翼翼地踏出每一步，確保每次落腳都要壓下，時而偏斜，時而正踏，如此重複，直到他在地上留下了一個直徑約兩公尺的完美圓形，裡面充滿了精確的足跡，直線的邊緣，彎曲的腳背，以及五個清晰的腳趾印記。

＊ ＊ ＊

讀者想得大多沒錯：這則故事反映了作者的經歷。我的童年有六年在加拿大的薩斯喀徹溫度過，而我恨我爸不只六年。我恨他沒耐性，恨他太暴力。

寫小說可以縫合作者的傷口

在我開始寫《進城》時，距離那個該死的美國獨立紀念日已經有二十三年了。當年的失望早已淡去（其實一、兩天就散了），但我恨意未消，或許是因為後來類似的經驗太多，明明我都長大了，爸爸也過世了，我還在問自己：誰會在受阻的時候把挫敗發洩在同樣受阻的人身上！明明這人受害最深，沒得到同情也就罷了，竟然還挨了一記巴掌？我可憐自己，所以，決定提起道德控訴，報復當年受到的無情對待和不公。我像把襪子裡的狐尾草拈出來一樣，寫出了《進城》。

不過，潛意識之所以把《進城》從地窖裡抬出來，除了積恨之外另有緣由，因為我不僅恨，而且很懊悔，也有內疚。重現一九一七年七月四日家裡發生的糟心事，爸爸的作為讓我又生氣又落寞，我多希望事情不是這樣，我想佩服爸爸與得到他的愛。我多不希望自己哭出來惹他不高興，我多想成為爸爸驕傲的兒子。報復是我寫下《進城》的衝動之一，這種衝動實在沒什麼看頭，但我發現自己渴望理解，也希望「或多或少達成和解」，撫慰心中的憤怒和難堪，讓爸爸既自擾也擾人的鬼魅安息。

換句話說，我進行了一堂自我療癒，這恐怕和接受諮商一樣困難。事後證明，《進城》的療癒效果不如預期。後來我在長篇小說《大冰糖山》裡寫了五、六篇類似《進城》的故事，但依然未能見效。多年後，我以類似題材寫了《重演》，至此過去的傷痛才算漸漸癒合。

不出所料，作家之所以寫小說，一部分是爲了療癒自我，讓生活的某些層面變得沒那麼不堪。寫小說可以縫合作者的傷口。相較於其他方法，寫小說便宜得多。寫《大冰糖山》時，我正在哈佛教書，有位劍橋才女在雜誌上讀到我這些童年片段，認眞跑來問我：「寫這麼多悲慘的童年回憶眞的好嗎？健康嗎？」我雖然答不上來，但老實告訴她：「把這些事情寫成小說，每一篇可得稿費數百美元；把這些故事告訴心理諮商師，每小時二十五美元。」雖然這是玩笑話，但也不無道理。

請注意：《進城》並非以第一人稱寫作的悲歌。故事中的男孩不是我，而是一個稱做「他」的八歲小男孩。有一條寫故事的老規矩：**第一人稱敘事能創造臨場感**，而諮商的智慧告訴我們：**療癒來自說出內心深處的私事**。既然如此，我爲什麼不把《進城》當成自己的經驗來講，從中達到最佳效果？

原因有二，都是來自潛意識地窖的命令。在潛意識裡，現實等待接受薰陶，蛻變成爲小說。

首先，第一人稱雖然可以帶來臨場感，但不免有自憐之虞。我也已經認清自己寫小說的部分動機就是自憐。我把「我」改成「他」是出於對自我曝露的本能警惕，並非刻意爲之，甚至連什麼時候改的都不曉得，也許當下我想起了佛洛斯特——佛洛斯特也有個暴力的父親，而且曉得自我曝露會帶來問題。佛洛斯特告訴我，小說家應該把發生在別人身上的事情當成自己的事情來寫，並把發生在自己身上的事情當成別人的事情來說。這樣一來，需要臨場感的地方有臨場感，太靠近的時候也能冷靜拉開與當下人事物的距離。

此外，把《進城》拿遠來看，一方面能營造客觀的錯覺，二方面方便我梳理情節。我並非原封不動將記憶倒在書頁上，而是精挑細選、重新鋪排，這裡多強調一點，那裡略過不提。那年美國獨立紀念日發生的事情，並未全部從記憶中取出來放進故事裡。我記得媽媽那天有個東西找不到，大家找到都要把屋子翻過來了，就是怕進城時沒帶上。正找到一半，雀鷹飛進院裡襲擊小母雞，大家衝進院子趕走雀鷹。可憐的小母雞是給救下了，但嗉囊都給啄破了，我抱著小母雞，感覺小母雞的心口跳得跟馬達似地。媽媽進屋取出針線，一針一線把嗉囊縫了起來。我把小母雞放了，看著小母雞走得蹣跚，走一走便坐下去，喙子張開，半敞翅膀。後來大家放棄發車，小母雞也死了，這些家事細節雖然完整，而且也是我的個人經歷，但與《進城》無關，所以沒寫進故事裡。

該寫進《進城》裡的，只有那年美國獨立紀念日的大夢想：棒球比賽、煙火、檸檬水……都是八歲男孩想像中的洋洋大觀。他已經三個禮拜沒跟其他小孩見面了，也一次都沒見過心裡描繪的盛景。當福特汽車發不動時，男孩心生恐懼，恐懼也隨著一次次發動失敗而滋長，接二連三爲男孩帶來折磨，最後失望、挫敗、吃巴掌。這些都該寫進《進城》裡，也希望寫這些就夠了。

我在前文提到，寫故事有別於心理諮商。寫作儘管有宣洩效果，但一則故事不只是像腸道逆蠕動一樣將內容物反方向推送的結果，也不是心靈的催吐劑，而是冥冥之中受到指揮。別問這指揮從哪裡來，或許是作者駕駛室中的評論家，或許是故事本身預編的黑暗指令。作家大多不想解開這個謎團。有一回，兩位傑出的心理學家來到史丹佛，他們對創作過程深感興趣，因此觀摩了我的寫作班，並問班上學生有沒有人自願接受催眠檢視一下創作過程？全班臉色發白，差點兒沒逃出教室。

在（不知來自何處的）指揮下，某個東西創作出來了，經驗從原始狀態轉變爲有形狀、有意義的狀態。如果病人就是諮商師，療癒就不只來自單純的抒發，而是來自轉化和創造，爲經驗、感覺、記憶的混亂加上秩序，讓秩序帶來療癒，也讓轉變後的經驗爲讀者所理解。個人經驗混混沌沌，是布滿荊棘和野葛的荒野；故事是精心設計的公園，有花圃、有步道、有「請勿踩踏草坪」的牌子、有公共廁所。亨利．亞當斯說過：「如果混亂是自然的法則，秩序就是人類的夢想，而小說比原始經驗更接近人心的渴望，那麼比起經驗，小說的意義也更容易理解。」

短篇小說篇幅短，能將角色、劇情、關係逼到死角，卻沒空間繞過死角，我希望透過《進城》達成和解，但這番努力並未成功。就連場景的描繪也很失敗，小說中的場景在我的童年烙下深刻的印象。事實上，我一共寫了三個故事，才完成原本寫《進城》的目標。童年的場景——寂寞、荒涼、美麗的大草原，在大草原邊上是山巒的夢，全濃縮進了《號角聲響》這篇短篇，並收錄進《大冰糖山》中、安排在《進城》之前。《進城》稍微提及的和解成了《雙河》的主題，而《雙河》就緊接在《進城》之後。在《雙河》裡，福特車終於發動，山中野餐於是成行，爸爸心情好，風趣又幽默，全家一起冒險，從日出到日落，順利又快活。但我必須承認，這是我虛構的。住在薩斯喀徹溫期間，我們全家從沒上山過，但這段想像之旅至少滿足了那想被滿足的地方。如果記憶裡沒有，不妨自己虛構。對了，《進城》裡的熊掌山，其實並非現實中的熊掌山。

當小說家真是走運

再講下去故事或許就不好玩了，但我還是想談談《進城》的形式。我希望《進城》形式完整、收尾漂亮，這樣故事才會令人滿意。任何人都能作證：**經驗是流動不止的傾瀉，沒有開頭，沒有結尾**。線頭從過去的體會中脫開來，又分岔至未來的經驗。任何經驗的記載都必須以思考做爲停頓，這樣的記載才算完整。加上讀者的注意力大多有限，因此，作家的工作就是設計明確的收場，讓小說所涵蓋的人生片段能夠收尾。

小說劇情涵蓋四個部分：**衝突升溫**、**越演越烈**、**達到高潮**、**降溫收尾**——有人贏，有人輸，有人活，有人死。所以海明威才會說：「故事只能以死亡收場，其他結局都不算結局。」因此，爲了收場，我們必須設計象徵性的死亡，而在設計時務必謹慎，因為契訶夫說：「開頭和結尾是作家最容易說謊的地方。」

在《進城》裡，死去的不是生命，而是男孩幼稚的夢想，或許還是男孩對父親的信任。所以要怎麼寫才能讓故事收場呢？是希望破滅就算完了？還是呼完巴掌就算完了，別多嘴？還是應該繼續寫下去——寫到男孩可憐巴巴回到家，脫了鞋，換下漂亮衣服，穿回老舊的工作褲？這些我都考慮過，但都不太滿意。最後，我回顧小說的開頭——男孩在泥濘的前院留下腳印。原先，腳印象徵勝利——認同自我、掌握人生，多麼激勵人心！稍稍縱躍，頭頂就會撞到天空，抬腳走幾步，就會走到地平線的盡頭。男孩的腳印就像北美原住民阿納薩奇人在岩壁上留下的手印，彷彿說著：「我存在，我重要。」

那是早上的事。到了下午，夢想已死，男孩受傷、困惑、沮喪。潛意識地窖擅自決定，叫我讓男孩回到腳印旁邊，帶著截然不同的心情，留下截然不同的腳印。我讓腳印圍成一個圈，這圈腳印不再象徵身分，反而像圍牆或圍籬，裡頭囚禁著孤單的農場男孩，遙遠的地平線、月亮山、對蒙大拿州奇努克市的夢想——全都隔絕在腳印之外，腳印封閉了男孩孤寂的心靈。開頭的腳印和結尾的腳印就像圓括號，將故事括在其中。換言之，《進城》以結構象徵收尾，我最推薦這個結尾的原因在於腳印的意義不言自明，讓故事的情節和情緒都有個收尾。不過，不是每一篇小說的收尾都能用結構象徵，這招也未必每次都管用，能管用就算走運。

而我承認我覺得自己挺走運的。每當故事從感覺、記憶、想法經過加工變成小說，我都覺得自己眞幸運，而最精采的時刻，就是看著（自我或他人）經驗的天然水晶，在碾磨、切割、抛光之後折射出光彩與意義。說故事的衝動爲人生經驗帶來了掌控一切、指揮若定的幻覺，這種幻覺在起起落落的人生中是莫大的安慰，讓人生不再那麼難以忍受，更讓我覺得當小說家眞是走運。無論拿什麼來跟我換，我都不要。

※寫小說的用處

我想說的是：無論寫小說還是讀小說，只要活得嚴肅，下筆就嚴肅；活得輕浮，下筆就輕浮。小說的用處是檢視人生，如果我們從不檢視人生，小說也帶不來多少收穫。

※作家之所以寫小說

作家之所以寫小說，一部分是為了療癒自我，讓生活的某些層面變得沒那麼不堪。寫小說可以縫合作者的傷口。相較於其他方法，寫小說便宜得多。

致謝

感謝華樂士・史泰納遺產（Estate of Wallace Stegner）授權刊登〈小說是生活的鏡頭〉〈寫給年輕的作家〉〈再見了，髒話〉，三篇文章皆收錄於華樂士・史泰納的散文集《拼寫人類的一種方式》（*One Way to Spell Man*），一九八二年由道布戴爾出版社出版，其中〈小說是生活的鏡頭〉首刊於《星期六評論》。

〈談一談創意寫作教學：系列問答〉於一九八八年由達特茅斯學院蒙哥馬利基金會資助，Edward Connery Lathem博士編輯（© 1988華樂士・史泰納版權所有），感謝華樂士・史泰納遺產授權刊登。本篇文字稿源自錄音檔，內容是史泰納與三位學者的討論——分別是Jay L. Parini教授、A. B. Paulson教授、非裔美國作家Ishmael Reed。Reed當時獲得蒙哥馬利基金會獎助，於一九八〇年六月、七月在達特茅斯學院擔任駐校作家，期間曾在學院師生面前與史泰納教授、Jay L. Parini 教授、A. B. Paulson 教授互動討論，討論內容錄成了這支音檔。

《進城》首刊於《大西洋月刊》，後收錄於華樂士．史泰納的《大冰糖山》（© 1938、1940、1942、1943 華樂士．史泰納版權所有），感謝蘭燈書屋的道布戴爾出版社授權刊登。

本書其餘篇章源自華樂士．史泰納檔案館藏文稿，在此一併致謝。

前言　有志成為寫得出宏構佳作的人

Al Young，艾爾．楊，1939～2021
Ansel Adams，安塞爾．亞當斯， 1902～1984
Charlotte Painter，夏洛特．潘德，1926～
Cyril Connolly，西里爾．康諾利，1903～1974
Ed McClanahan，艾德．麥克納漢，1932～2021
Edward Abbey，愛德華．艾比，1927～1989
Ernest Gaines，厄寧斯．甘恩，1933～2019
Eugene Burdick，尤金．伯迪克，1918～1965
Evan Connell，伊凡．康乃爾，1924～2013
Harriet Doerr，海芮特．多爾，1910～2002
Henry Adams，亨利．亞當斯，1838～1918
Jack Nicklaus，傑克．尼克勞斯，1940～
Jim Houston，吉姆．休士頓，1933～2009
John Keats，約翰．濟慈，1795～1821
Judith Rascoe，茱蒂絲．拉思科，1941～
Ken Kesey，肯．凱西，1935～2001
Larry McMurtry，賴瑞．麥克墨特瑞，1936～2021
Max Apple，麥克斯．艾柏，1941～
Missa Solemnis，〈莊嚴彌撒曲〉
Patricia Zelver，派翠西亞．澤爾弗，1923～
Peter Beagl，彼得．畢格，1939～
Rainer Maria Rilke，里爾克，1875～1926
Raymond Carver，瑞蒙．卡佛，1938～1988
Richard Etulain，理查．艾圖蘭，1938～
Robert Stone，羅伯．史東，1937～2015
Scott Momaday，史考特．莫馬迪，1934～
Scott Turow，史考特．杜羅，1949～
The Unquiet Grave，《不穆之墓》
Thomas McGuane，湯瑪斯．麥岡安，1939～
Tillie Olsen，蒂莉．歐森，1912～2007
Twenty Years of Stanford Short Stories，《史丹佛短篇小說二十年》
Vince Lombardi，文斯．隆巴迪
Wendell Berry，溫德爾．貝瑞，1934～

William Mortensen，威廉・莫滕森，1897～1965
Wynton Marsalis，溫頓・馬沙利斯 ，1961～

第1堂　小說是生活的鏡頭

Anton Pavlovich Chekhov，契訶夫，1860～1904
C. S. Lewis，C・S・路易斯，1898～1963
Ernest Hemingway，海明威，1899～1961
Franz Kafka，卡夫卡，1883～1924
Gertrude Stein，葛楚・史坦，1874～1946
Henry James，亨利・詹姆斯，1843～1916
John Milton，約翰・米爾頓，1608～1674
Joseph Conrad，約瑟夫・康拉德，1857～1924
Paul Bowles，保羅・鮑爾斯，1910～1999
The Brave Bulls，《勇敢公牛》
The Sheltering Sky，《遮蔽的天空》
Tom Lea，湯姆・李，1907～2001
V. S. Pritchett，V・S・普里切特，1900～1997

第2堂　創意寫作

A Portrait of the Artist as a Young Man，《一位年輕藝術家的肖像》
A. E. Housman，A・E・豪斯曼，1859～1936
Adonais，〈艾朵尼〉
Big Two-Hearted River，《大雙心河》
D. H. Lawrence，D・H・勞倫斯，1885～1930
F. Scott Fitzgerald，史考特・費茲傑羅，1896～1940
Francis Thompson，弗朗西斯・湯普森，1859～1907
Gustave Flaubert，古斯塔夫・福樓拜，1821～1880
Ivy Day in the Committee Room，〈會議室裡的常春藤日〉
James Joyce，詹姆斯・喬伊斯，1882～1941
John Cheever，約翰・齊佛，1912～1982
John Steinbeck，約翰・史坦貝克，1902～1968
J. Alfred Prufrock，普魯佛洛克
Look，《觀望》

Mark Twain，馬克・吐溫，1835～1910
Nathaniel Hawthorne，納撒尼爾・霍桑，1804～1864
Of Mice and Men，《人鼠之間》
Pilgrim's Progress，《天路歷程》
Professor Harry Levin，哈里・萊文教授，1912～1994
Ralph Waldo Emerson，愛默生，1803～1882
Robert Browning，羅勃特・白朗寧，1812～1889
Robert Frost，羅伯特・佛洛斯特，1874～1963
Samuel Taylor Coleridge，柯立芝，1772～1834
Stephen Crane，史蒂芬・克萊恩，1871～1900
Stephen Dedalus，史蒂芬・戴達羅斯
T. S. Eliot，T・S・艾略特，1888～1965
The Eve of St. Agnes，〈聖艾格尼絲節前夕〉
Thomas Wolfe，湯瑪斯・伍爾夫，1900 ～1938
To an Athlete Dying Young，〈致早逝的運動員〉

第3堂　談一談創意寫作教學——喚醒學生寫作天賦的21個問題

Bernard DeVoto，伯納德・狄佛托，1897～1955
Bill Styron，威廉・史泰隆，1925～2006
Bread Loaf，布雷德洛夫
Charles Townsend Copeland，查爾斯・湯森・科普蘭，1860～1952
Dorothy Richardson，桃樂絲・理查森，1873～1957
Dos Passos，多斯・帕索斯，1896～1970
Elizabeth Bowen，伊麗莎白・鮑恩，1899～1973
Frank O'Connor，弗蘭克・奧康納，1903～1966
Georges Braque，喬治・布拉克，1882～1963
Guy de Maupassant，莫泊桑，1850～1893
Henry David Thoreau，梭羅，1817～1862
Hortense Calisher，霍爾滕斯・卡里舍爾，1911～2009
Horatius at the Bridge，〈孤軍奮戰〉
John Cabot，約翰・卡波特，1450～1499
John Chipman Farrar，約翰・奇普曼・法拉爾，1896～1974
Katherine Anne Porter，凱瑟琳・安・波特，1890～1980
Lays of Ancient Rome，《古羅馬之歌》

Le Baron Russell Briggs，勒巴倫・拉塞爾・布里格斯，1855～1934
Lord Jim，《吉姆爺》
Louis Untermeyer，路易斯・安特邁爾，1885～1977
Malcolm Cowley，馬爾科姆・考利，1898～1989
Norman Foerster，諾曼・福斯特，1887～1972
Norman Mailer，諾曼・梅勒，1923～2007
Oscar Wilde，王爾德，1854～1900
Oscar-Claude Monet，莫內，1840～1926
Richard Harding Davis，理查德・哈丁・戴維斯，1864～1916
Ring Lardner，林・拉德納，1885～1933
Robert Benchley，羅伯特・本奇利，1889～1945
Salvador Dalí，薩爾瓦多・達利，1904～1989
Sinclair Lewis，辛克萊・路易斯，1885～1951
The Naked and the Dead，《裸者與死者》
The Battle of Lake Regillus，〈勒吉魯斯湖戰役〉
Theodore Dreiser，西奧多・德萊賽，1871～1945
Theodore Morrison，西奧多・莫里森，1901～1988
Thomas Gainsborough，湯瑪斯・根茲巴羅，1727～1788
Tristan Tzara，崔斯坦・查拉，1896～1963
Virginia Woolf，維吉尼亞・吳爾芙，1882～1941
Wallace Stevens，華萊士・史蒂文斯，1879～1955
Walter Van Tilburg Clark，沃爾特・范・蒂爾堡・克拉克，1909～1971
Willa Cather，薇拉・凱瑟，1873～1947
William Dean Howells，威廉・迪恩・豪威爾斯，1837～1920
William Faulkner，威廉・福克納，1897～1962

第4堂　寫給年輕的作家

François Rabelais，弗朗索瓦・拉伯雷，1493～1553
Jacques Barzun，雅克・巴森，1907～2012

第6堂　作家的觀眾

Alfred Kazin，阿爾弗雷德・卡辛，1915～1998
Allen Tate，艾倫・泰特，1899～1979

Donald Davidson，唐納・戴維森，1917～2003
Edgar Lee Masters，埃德加・李・馬斯特斯，1868～1950
Edmund Wilson，艾德蒙・威爾森，1895～1972
Flannery O'Connor，芙蘭納莉・歐康納，1925～1964
Jay Gould，傑伊・古爾德，1836～1892
John Crowe Ransom，約翰・克勞・蘭塞姆，1888～1974
Kenyon Review，《肯尼恩評論》
Lionel Trilling，萊昂內爾・特里林，1905～1975
Little Review，《小評論》
Louis Adamic，路易斯・阿達米克，1898～1951
New York Review of Books，《紐約書評》
New York Times Book Review，《紐約時報書評》
Norman Podhoretz，諾曼・波德霍雷茲，1930～
Partisan Review，《黨派評論》
Poetry，《詩歌》
Saturday Review，《星期六評論》
Saturday Review of Literature，《星期六文學評論》
Sewanee Review，《塞瓦尼評論》
Southern Review，《南方評論》
Times Literary Supplement，《泰晤士報文學增刊》
Vachel Lindsay，瓦切爾・林賽，1879～1931

第7堂　談談技巧

Alexandre Dumas，大仲馬，1802～1870
George M. Cohan，喬治・柯漢，1878～1942
Henrik Ibsen，易卜生，1828～1906
Our Town，《我們的小鎮》

第8堂　以《進城》爲鑑

Atlantic Monthly，《大西洋月刊》
Bugle Song，《號角聲響》
Goin' to Town，《進城》
Recapitulation，《重演》

Robert Bly，羅伯特・布萊，1926～2021
The Big Rock Candy Mountain，《大冰糖山》
Two Rivers，《雙河》

Eurasian Publishing Group
圓神出版事業機構
用心與你對話．視野無限寬廣
先覺出版社
Prophet Press

www.booklife.com.tw reader@mail.eurasian.com.tw

人文思潮 164

史丹佛大學創意寫作課：

每一堂都是思想的交鋒，智識的探險，精采絕倫！

作　　者／華樂士．史泰納（Wallace Stegner）
彙整與前言／琳恩．史泰納（Lynn Stegner）
譯　　者／張綺容
發 行 人／簡志忠
出 版 者／先覺出版股份有限公司
地　　址／臺北市南京東路四段50號6樓之1
電　　話／（02）2579-6600．2579-8800．2570-3939
傳　　真／（02）2579-0338．2577-3220．2570-3636
副 社 長／陳秋月
資深主編／李宛蓁
責任編輯／林淑鈴
校　　對／劉珈盈．林淑鈴
美術編輯／金益健
行銷企畫／陳禹伶．林雅雯
印務統籌／劉鳳剛．高榮祥
監　　印／高榮祥
排　　版／陳采淇
經 銷 商／叩應股份有限公司
郵撥帳號／ 18707239
法律顧問／圓神出版事業機構法律顧問　蕭雄淋律師
印　　刷／祥峰印刷廠
2023 年 8 月 1 日　初版

定價 380 元　ISBN 978-986-134-467-6　

當我們專心投入某個主題、某個行業或某種生活方式，就會被它的規矩和限制所包圍。我們的思考方式可能因此受限。局外人可以為這個狀況帶來開放的態度和新鮮的觀點。

——《橫向思考：打破慣性，化解日常問題的不凡工具》

國家圖書館出版品預行編目資料

史丹佛大學創意寫作課：每一堂都是思想的交鋒，智識的探險，精采絕倫！／華樂士．史泰納（Wallace Stegner）著；琳恩．史泰納（Lynn Stegner）彙整與前言；張綺容譯-- 初版. --臺北市：先覺，2023.8
224 面；14.8×20.8公分（人文思潮：164）
譯自：On Teaching and Writing Fiction
ISBN 978-986-134-467-6（平裝）
1.CST：小說 2.CST：寫作法
812.71 112010141